Rudolf Herzog

Die Welt in Gold

Eine Studentennovelle aus Marburg

Rudolf Herzog: Die Welt in Gold. Eine Studentennovelle aus Marburg

Erstdruck: Stuttgart, J. G. Cotta'sche Buchhandlung Nachfolger, 1913 mit der Widmung: »J. C. Heer zu eigen«.

Neuausgabe
Herausgegeben von Karl-Maria Guth
Berlin 2020

Der Text dieser Ausgabe wurde behutsam an die neue deutsche Rechtschreibung angepasst.

Umschlaggestaltung von Thomas Schultz-Overhage unter Verwendung des Bildes: Karl Armbrust, Marburger Verbindungsstudenten, 1910

Gesetzt aus der Minion Pro, 11.5 pt

Die Sammlung Hofenberg erscheint im
Verlag der Contumax GmbH & Co. KG, Berlin
Herstellung: BoD – Books on Demand, Norderstedt

ISBN 978-3-7437-3869-0

Bibliografische Information der Deutschen Nationalbibliothek

Die Deutsche Nationalbibliothek verzeichnet diese Publikation in der Deutschen Nationalbibliografie; detaillierte bibliografische Daten sind im Internet über www.dnb.de abrufbar.

1.

Da lag die alte, liebe Stadt zu Füßen. – Da krochen die alten, lieben Gassen wie ehedem den Berg hinan, wie heimliche Liebhaber auf gewundenen Pfaden, und umkreisten das Landgrafenschloss, das sechs Jahrhunderte und mehr ihnen zuwinkte und doch nur schöner geworden war.

Da breitete sich die stille, grüne Ebene weit hinaus, so weit, wie man Gedanken senden kann, bis zu der Hügelkette, die den Horizont erklomm, die Äste ihres Waldgebietes ausspannte und den ziellos schweifenden Gedanken zurief: Bleibt hier – nutzet den Tag! ...

Und aus der Ebene lachte das sonnenglitzernde Gewässer der Lahn, und ein Frühlingswind, der nicht mehr als ein Streicheln war, trug spielerisch die Blütenblätter der Obstbäume mit sich und streute sie über den Fluss. Da war's, als ob auch die alte Lahn im Brautgewande schimmerte und verstohlen nach dem Bräutigam hinaufblinzelte, der alten Stadt Marburg, aus deren Höfen und Gärten blühendes Strauchwerk hervorspross wie Blumensträuße am Hochzeiterrock.

Und Stadt und Schloss, Flusstal und Berghänge, die sich seit Jahrhunderten schon ihre Liebe kundtaten, waren nicht älter und waren nur schöner geworden.

»Wie ist das möglich ...?«, fragte sich der Mann am Fenster. »Wie ist das möglich? Sechs Semester hab ich hier einmal durchtobt und später geglaubt, alles das wäre nur mit den leicht entzündbaren jugendlichen Sinnen aufgenommen worden. Und nun ist das alles so geblieben und blüht noch stärker und setzt sich über Zeit und Alter hinweg. Und auch – über mich. Und lacht über meinen Professorentitel und über meinen Lebensernst ... Oder ist es nur ein wenig Spott, weil ich mich hier – mit Farben schmücke – von denen meine Seele – nichts mehr weiß?«

Ein gespannter Zug trat in sein Gesicht. Als wäre ein Gedanke in ihm aufgetaucht, den er sich mühte bis zu seinem Ausgangspunkt zu verfolgen. Und die Spannung löste sich in eine Versonnenheit, und die Versonnenheit wurde zu einem Lächeln, das sich heimlich aufmachte und suchend durch die Gassen irrte und fand und verharrte und weiterzog und wieder fand.

»Der lange Ritter –! Der dicke Baum – ›Deutschlands Eiche‹ genannt –! Lindner, der knabenhafte ›reine Tor‹ –! Sein Gegenspiel Werder, der große ›Amoroso‹ –! Die ganze Schar –! Und mitten darunter – war er das nicht, Klaus Kreuzer, den sein eigenes Lächeln jetzt begrüßte – der übermütige Junge da mit der Mütze im Nacken, den Rock auseinandergeschlagen, auf dass man das hehre Dreifarbenband gebührend sehe und respektiere, dem herausfordernden Blick, der immer zum Waffengang zu laden schien?«

Und das Lächeln verweilte, wurde unruhig und nahm Abschied.

»Unsinn. Verlorene Zeit. Der Junge wird sie besser nützen.«

Er trat einen Schritt vom Fenster zurück. Er bemerkte, dass er hemdärmelig war. Ja, ja, er musste das Band umlegen. Und er rollte es über dem Finger auf und schob es um die Brust. »Wenn mich jetzt Marianne sähe.«

Der Gedanke an seine Frau machte ihn unsicher. Hastig zog er den Rock über, dass nur ein Stückchen des bunten Bandes sichtbar blieb. Und unschlüssig wog er die alte Studentenmütze in der Hand.

Es klopfte. Da setzte er mit einem Ruck die Mütze in den Nacken.

»Komm nur herein, Walter. Von mir aus kann's losgehen.«

»Papa –! Nein, Papa, wie du aussiehst!«

»Bitte, bitte, um mich handelt es sich hier nicht. Ich bring' dir ganz einfach ein Opfer. Tritt mal an, damit ich sehe, ob du auch anständig bestehst. Na ja.«

Sein Blick streifte Fuchsenband und Mütze des Sohnes, streifte den schlanken Wuchs und heftete sich auf die mädchenhaft feinen Züge.

»Bis auf den Milchbart wär alles in Ordnung. Das ist kein Vorwurf. Im Gegenteil, ich hoffe mit deiner Mutter, dass du immer der wohlerzogene Junge bleibst, das Ziel des Studiums im Auge.«

»Darauf kannst du dich verlassen, Papa. Die Couleur darf mich nicht stören.«

Der Vater sah ihn noch immer an. Er horchte, als hörte er den Sohn weitersprechen. Nein, nicht den Sohn. Das war die Stimme der Mutter, Mariannens Stimme. »Die Couleur darf den Jungen nicht stören. Er geht zur Couleur, weil sie ihm in seiner späteren Laufbahn einmal nützlich sein wird.« Weshalb – weshalb war er selber denn einmal Couleurstudent geworden? Aus Nützlichkeitsgründen? Ach nein, weil das alles einmal für ihn untrennbar von Jugend – Jugend, Jugend gewesen war.

Gewesen war! ...

Das war heute anders geworden. Wirklich? War es das wirklich? Oder nur bei Mariannens Sohn und – bei Mariannens Gatten? Und er spürte den erstaunten Blick des Sohnes, dass er keine weiteren Lehren mehr zu geben habe. Da besann er sich.

»Recht so, Walter. Die Zeiten, von denen die Renommistenlieder melden, das Saufen und Raufen, Liebe und Trompetenblasen, existieren nur noch im Kommersbuch. Das Leben ist fortgeschritten und stellt immer höhere Anforderungen, und ihr seid um so vieles weiter, als wir es waren.«

»Du sagst das nicht besonders fröhlich, Papa.«

»Wie –?«

»Du musst mal ein mordsfideler Student gewesen sein. Die steile Terz da und der wilde Durchzieher querüber –«

»Fuchs, krasser, was faselst du –? Erstens ist das keine steile Terz, sondern ein Spicker, den mir ein verfluchter Linkser hinaufgehauen hat, und zweitens bitte ich, eine regelrechte Quart von einem windhündigen Durchzieher zu unterscheiden, und drittens – und viertens – ist das überhaupt nicht der Zweck unserer Unterredung. Was wollt' ich dir doch noch sagen? Nun, du wirst es ja auch so

wissen. Was ist das für eine wundersame Frühlingsstimmung … –
Mütze auf. Wir wollen gehen.«

»Willst du nicht erst Tante Werder begrüßen?«

»Tante – Werder? Ach so. Aber natürlich.«

»Und meine Studentenbude musst du dir auch noch ansehen.
Hier, gleich neben deinem Zimmer. Die Aussicht ist doch köstlich,
Papa.«

Aber Professor Kreuzer schien von der Aussicht keine Notiz mehr
zu nehmen. Er war mit dem Sohne auf den schmalen Korridor
hinausgetreten und stand nun auf der Schwelle des kleinen,
schmucken Zimmers. Sein Blick überflog die Zimmereinrichtung,
das weiß überzogene Bett, den weißen Tisch, die weißen Stühle, die
lustigen weißen Gardinen. »Das ist ja ein Boudoir, Walter.«

»Hübsch, nicht wahr? Bei Tante Werder scheint es sich leben zu
lassen.«

»Junge, meine Studentenbude sah ein klein wenig anders aus.
Direkt unter dem Dach, bei einem alten Lederhändler. Das ganze
Haus roch nach Gerberlohe, und beim Aufstieg fiel man zwei Dutzend Mal in die Lederrollen, bis man seine drei Quadratmeter
Sperlingslust erreicht hatte. Aber schön war's doch, wenn man auch
die lange Pfeife mitsamt den Kanonenstiefeln zum Dachfenster
hinausbaumeln lassen musste – um Raum zu sparen.«

Der Junge lachte.

»Na, na, Papa. Wo hättest du da studieren können.«

»Studieren. Du sagtest: studieren? Ja, das ging da eben sehr
schlecht, und ich machte mich denn auch eines Tages auf nach
Berlin, um – hm – wie man so sagt: mehr Ellenbogenfreiheit zu
gewinnen.«

»Das ist dir gründlich gelungen, Papa.« Und der Sohn suchte die
Hand des Vaters und sah bewundernd zu ihm auf.

Einen hastigen Blick warf der Professor zum Fenster hinaus. Da
lag Marburg. Und er wandte sich um und schritt auf den Gang
hinaus.

»Nun wird es aber Zeit, mich bei der Hausfrau zu melden.«

Der Junge zeigte den Weg. Ein paar Stufen führte er hinab und klopfte an eine weiß gestrichene Tür. »Wie freundlich das alles hier ist«, dachte der Professor und betrat auf ein helles »Herein« das Zimmer. Mit rascher Bewegung zog er die Mütze vom Kopfe und verbeugte sich tief und ritterlich vor der Frau, die in hellem Hauskleid blond und fröhlich vor ihm stand.

»Meine gnädige Frau –«

»Für den Anfang nicht schlecht. Da bin ich begierig, wie's weitergeht.«

Der Professor streckte sich aus seiner Verbeugung auf. »Verzeihung, meine gnädige Frau –«

Sie behielt ihre Hände in den Schürzentaschen. Den Kopf ein wenig zur Seite geneigt, schien sie sein Bild prüfend zu umfassen, und doch war es dem Manne, als säße eine durchaus nicht zum Empfang gehörige Lustigkeit in ihren Augenwinkeln.

»Verzeihung«, wiederholte er mit einiger Zurückhaltung.

Erstaunt hob sie die Augenbrauen. »Wofür denn nur? Ihr habt mich doch nicht vergessen und mir den Jungen geschickt. Das ist doch ein Beweis der Wertschätzung. Und ich war nicht immer artig nach euren Begriffen. Aber davon wollte ich doch gar nicht sprechen.« Und nun nahm sie die Hände aus den Schürzentäschchen und schlug sie zusammen. »Wie famos du aussiehst, Klaus. In Couleur! Das verjüngt dich mit einem Schlage, oder du bist überhaupt nicht älter geworden.«

Er sah unsicher nach ihr hin. Auch auf das Du war er nicht vorbereitet gewesen. Und unwillkürlich prägte sich die Zurückhaltung auf seinem Gesichte deutlicher aus. »Verehrte Hausfrau –«, begann er noch einmal.

»Ich glaube wahrhaftig, Klaus, du hast meinen Namen vergessen. Aber ich nehme dir das nicht übel. Du bist auf deiner Höhe, die mich von Herzen freut, an ganz andere Namen gewöhnt. Ich heiße also immer noch Traud, weißt du, die Abkürzung von Gertrud, und – ja, jetzt muss *ich* wohl um Verzeihung bitten, denn du machst so ein sonderbares Gesicht? Wenn ich gegen die Formen verstoßen haben sollte, Herr Professor – Pardon, Herr Geheimrat – Gott, wir sind gegen Berlin Hinterwäldler und hier in Marburg noch so ganz in der alten Zeit stecken geblieben.«

Da schob der Professor die Mütze in den Nacken und ging, beide Hände ausgestreckt, auf die lachende Frau zu. »Guten Tag, Traud. Ich freue mich, dass *du* wenigstens in der alten Zeit stecken geblieben bist.«

Sie ergriff die Hände und drückte sie. »Guten Tag, Klaus. Also doch mal wieder heimgefunden nach Marburg?«

»Heimgefunden. Das weiß Gott. Hier war die Heimat meiner Jugend.«

»Und bringst jetzt den Jungen daher? In die alte Couleur?«

»Wenn ich dich ansehe, das alte, liebe Marburger Mädchengesicht, möcht' ich fast, ich könnt' den Jungen nicht nur in meine alte Couleur, ich könnt' ihn in meine alte Jugend hineinbringen.«

»Sie war doch schön, Klaus. Was? Trotz deines hohen Fluges.«

»Herrgott noch mal.«

»So, und nun könntest du wohl meine Hände loslassen. Nein, nein, verwandtschaftliche Beziehungen reden in solchen Sachen durchaus nicht mit. Kopf zurück. Und der Junge ist auch da.«

»Wahrhaftig, Traud, der Junge ist auch da. Bist du mit ihm zufrieden?«

»Der hatte doch sofort mit Immatrikulation und Kollegbelegen zu tun. Und seit drei Tagen ist er erst da.«

»Und ich bin erst seit einer halben Stunde da, und schon bist du mit mir unzufrieden.«

Sie schüttelte lachend den Kopf. »Pirat«, sagte sie nur.

Da lachte auch er.

»Das war mein alter Spitzname in der Verbindung, und ihr Mädels habt ihn aufgeschnappt.«

»Keinen friedlichen Studenten konntest du vorüberlassen, ohne die Segel gegen ihn zu hissen und das Enterbeil in die Faust zu nehmen. Das imponierte uns höheren Töchtern mächtig. Bist du immer noch so wild?«

Der Professor suchte den scherzenden Ton beizubehalten.

»Ordentlicher Professor an der Universität Berlin und Geheimer Regierungsrat«, meldete er dienstlich, »außerdem« – und es klang eine Schärfe hinein – »zwanzig Jahre verheiratet mit deiner Cousine Marianne.«

Sie sah schnell nach dem Jungen hin, der sich in beschaulicher Ruhe zum Fenster hinausgelehnt hatte, ging an dem Mann vorüber und strich ihm im Vorbeigehen über die Augen.

»Mach doch ein ander Gesicht! Bist ja in Marburg. – Walter!«

Der Junge fuhr dienstfertig herum. »Tante Werder?«

»Ich muss euch mal nebeneinander sehen. So – – Aha, die Länge ist die gleiche. Und das dunkle Haar –«

»Ich habe schon weiße, Traud.«

»Bitte, sich nicht interessant machen zu wollen. Also das dunkle Haar hüben wie drüben. Das Gesichtel in der jüngeren Auflage –«

»O Gott, das Gesichtel!«

»Ich spreche doch wahrhaftig nicht von deinem, Klaus. Ja, Walter, vorläufig noch mehr Milch als Blut, aber verlass dich nur auf deine alte Tante, die Couleur wird für die richtige Couleur schon sorgen.«

Und sie streichelte ihm mütterlich das volle Haar.

Der Junge errötete unter der frauenhaften Liebkosung. »Erstensmal bist du nicht alt, sondern noch sehr jung, und zweitens lege ich wirklich gar keinen Wert auf das Saufen und Raufen. Ich werde schon meine Zeit anders verwenden, und morgen geht es, trotz der Antrittskneipe heut, ins Kolleg.«

Sie streichelte noch immer sein Haar.

»Ja, ja, du bist ein braver Junge, aber – Bravheit schützt vor Jugend nicht.«

Da lachten sie alle drei mitsammen, und der Junge haschte nach ihrer Hand und küsste sie in wohlerzogenem Respekt.

»Dein Vater, Walter, sieht aus wie dein älterer Bruder. Forsch, was? Gib acht, dass er nicht noch sämtliche studentischen Völkerschaften Marburgs vor die Klinge nimmt.«

»Ach – Tante! Aber er sieht wirklich anders aus als zu Hause.«

»Das tut die gute Marburger Luft. Und nun hab ich euch mit meinem Schwatz lange genug aufgehalten, und ihr kommt schon zu spät auf den Berg. Du bleibst doch noch einige Tage, Klaus?«

»Der Minister hat dringende Arbeiten für mich, sonst hätte ich den Walter selbst hergebracht. Nun langt's nur für den Tag der Antrittskneipe, den ich mir für den Jungen nicht nehmen lassen wollte.«

»Schade –. Aber – der Minister und Marburger Frühling – das reimt sich schlecht zusammen. Also ein andermal, und viel Vergnügen für heute.«

»Auf morgen, Traud. Wir werden diese Nacht sehr leise auftreten.«

»Versprich nicht zu viel, oder ich streue Erbsen.«

»Adieu, Tante Werder. Morgen heißt's frisch sein.«

In der Tür wandte sich der Professor um. »Entschuldige, aber da vergaß ich ganz, dir die schönsten Grüße von Marianne auszurichten und ihren verbindlichen Dank für die gute Aufnahme des Jungen. Wir rechnen dir das ganz besonders hoch an, weil – nun, weil –«

»Ach, lieber Klaus, nun geh schon lieber auf die Kneipe.« Und sie lachte ihn aus.

Der Junge polterte schon auf der Stiege. Da trat er noch einmal ins Zimmer und griff nach ihren Händen.

»Sag mir nur das eine. Wie hast du dir durch alle die schweren Lebenslagen hindurch nur deine Lustigkeit bewahren können?«

Sie sah ihm fest in die Augen. »Weil ich keine Duckmäusernatur bin.«

»Weil dich das Leben freut?«

»Über alles.«

»Gib mir einen Kuss, Traud. Ich kann ihn brauchen.«

»Mach, dass du hinauskommst.«

Und er hörte ihr Lachen noch auf der Stiege und trug es noch im Ohr, als er, Band um, Mütze auf, neben seinem Füchslein den Schlossberg hinanstieg, durch den kosenden, streichelnden und schmeichelnden Frühlingsabend, hinan zu dem hohen, freien Hang, auf dem das Haus seiner alten Verbindung wie eine Warte der Jugend stand. »Wie lange«, dachte er, »hab ich dies Kosen, dies Streicheln und Schmeicheln nicht mehr gespürt.« Und er tat einen tiefen, wohligen Atemzug. »Aber heute – spür' ich's!«

2.

Da trat er mit seinem Sohn in den Kneipsaal ein, und er sah strahlenden Auges über die Masse der Buntmützen hin, die die mächtige hufeisenförmige Tafel dicht bekränzt hielten, und als er den Sohn an der Fuchsenecke untergebracht wusste, schritt er hinüber zur Tischecke der alten Herren, spähte in den bärtigen Gesichtern nach den Gefährten der Jugend, schüttelte kräftig alle die Hände, die sich ihm entgegenstreckten, und fiel aus voller Kehle in den Kantus ein:

»Gaudeamus igitur,
Juvenes dum sumus!«

»Cantus ex est. Schmollis cantoribus!«
»Fiducit!«
»Kreuzer, alter Pirat, tauchen endlich deine Segel wieder auf der Lahn auf? Gegrüßet seist du ...«
»Prost, langer Ritter. Ich suche dein Bäffchen und deinen Talar.«
»Hab beides meiner Hausehre zum Aufbügeln dagelassen. Dieweil, juchhei – dieweil – juchhei – der Herr Pastor zu Nutz und Frumm der Dorfgemeinde eine kleine Aufbügelung in Marburg vor sich gehen lässt.«
»Ich komme dir einen Halben, Pirat. Nichts zu flicken für einen hilfsbedürftigen Landarzt?«
Kreuzer blickte in das starke, gerötete Gesicht. »Der Stimme nach – der Melodik der Stimme nach – ist mir, als hörte ich Deutschlands Eiche im Wipfelrauschen. Baum?«

»Zu dienen, Herr Geheimrat. Ich bin der Baum. Aber gestatte, dass ich die Umarmung mit dir bildlich vollziehe. Ich stehe nicht gern auf, wenn ich sitze.«

»Hast du endlich das Zipperlein?«

»Bitte – bitte – diese herrlichen Gliedmaßen gehören dem Wohl des Volkes. Deshalb schone ich sie. Und wenn du die Farbe meines Antlitzes zu einem ärgerlichen Vergleich missbrauchen möchtest, so sage ich dir: Wind und Wetter haben sie mir angeschmeichelt, und sie ist ehrenvoll auf der Landstraße verdient.«

Und eine zarte Stimme sprach: »Er opfert sich auf, unser lieber Baum. Da ist ein Mann in seinem Klientel, den er von der Schädlichlichkeit geistiger Getränke überzeugen muss, und es ist der Dorfwirt und nicht unter die Erde zu bringen. Ganz erschöpft von den endlosen Debatten sehe ich oft zur Nachtzeit unseren braven Baum in den Wagen steigen.«

»Du aber, mein braver Lindner, steigst jetzt in die Kanne. So ist's recht, mein guter Junge. Ich will dich lehren, neidverzerrt im Pastorat auf der Lauer zu liegen, während ich mich bemühe, dir die faulen Begräbnissporteln abzuknöpfen. Ah, du meldest dich reumütig mit der neuen Blume? Prosit, da trinke ich mit.«

»Lindner, der reine Tor? Und Pfarrherr wie der lange Ritter? Fühlst du dich wohl auf dem Land?«

Der Pfarrherr mit dem bärtigen Knabengesicht reichte dem Professor die Hand.

»Ob ich mich wohl fühle? Kann sich der Mensch anders als wohl fühlen, wenn er die Verbindung mit der Natur nicht verliert? Und der lange Ritter – und der dicke Baum – sind das nicht auch ein paar Stücklein Natur? Wir sitzen dicht beieinander, und wenn wir einen Kreis bilden, haben wir die Jugend mitten darin eingefangen. Nämlich« – und er flüsterte geheimnisvoll – »die Jugend ist nämlich das beste Stück Natur.«

Der Fax rannte, gläserbeladen, um die Tische herum. Das braune Bier schäumte über den Rand.

»Silentium!«

Der erste Chargierte stand straff aufgerichtet. Die Narben auf seiner Wetterseite leuchteten. Mit heller, klingender Stimme sprach er in das Schweigen hinein. Er begrüßte die alten Herren, er begrüßte Aktive, Inaktive und Verkehrsgäste, er begrüßte die neu angemeldeten Füchse. Es war eine Rede, wie sie seit Jahren zum Semesteranfang gehalten wurde, und doch wirkte sie frisch und neu, weil sie immer wieder aus einem frischen Munde kam und neue Begeisterung den Atem befeuerte. »Wir singen das Lied: Stoßt an, Marburg soll leben! Die Musik spielt den ersten Vers vor. Silentium ... das Lied steigt.«

»Stoßt an! Marburg soll leben! Hurra hoch!
Die Philister sind uns gewogen meist,
Sie ahnen im Burschen, was Freiheit heißt.
Frei ist der Bursch, frei ist der Bursch!«

Aus jungen Kehlen brauste das Lied zur Saaldecke, und die Bässe der alten Herren malten so kräftig den Untergrund, dass die starr ins Kommersbuch blickenden Keilfüchse Mut fassten, sich aus ihrer Unsicherheit heraustasteten, die tragende Woge des Gesanges erreichten und plötzlich verwegen im Meer der Töne herumschwammen. Der dicke Baum lag, die Hände über den schweren Leib gefaltet, zurückgelehnt im Sessel und sang auswendig. Der lange Ritter hielt das Liederbuch mit der Linken und schlug mit der Rechten den Takt auf seines Konfraters Lindner Knien. Der lächelte beim Singen selig, als sähe er den Himmel offen. Und Professor Kreuzer schaute ringsum in die Augen der alten Freunde und des jungen Nachwuchses, fand nur leuchtendes Licht in den Augen hüben und drüben, fühlte, wie es ihm selber heiß in die Blicke stieg, sah Buntmützen und Dreifarbenbänder, die Vergangenheit Wiederkehr halten, die törichte, seligmachende, frühlingsdurchduftete, griff mit der Hand in die Luft, als müsste er sie halten, fest, fest ...

»Stoßt an! Frauenlieb lebe! Hurra hoch!
Wer des Weibes weiblichen Sinn nicht ehrt,
Der hält auch Freiheit und Freund nicht wert,
Frei ist der Bursch!«

Frei, frei, frei! Stoßt an! Vaterland! Manneskraft! Freies Wort! Kühne Tat! Stoßt an – Burschenwohl lebe! Frei ist der Bursch.

Und drunten Marburg zu Füßen, und droben das Schloss, und ringsherum die ganze weite Welt mit ihren nie aufzuzählenden Frühlingswundern, die dennoch nur den glücklich machen, der sich nimmer des Zählens begibt.

»Bis die Welt vergeht am Jüngsten Tag,
Seid treu, ihr Burschen, und singt es nach:
Frei ist der Bursch!«

Treu? War er dem Burschenschwur treu geblieben? Ah, welche knabenhaften Gedanken.

Was weiß der junge Mensch, der hier trinkt und singt, vom Leben? Seine Hoffnungen schickt er auf Rosenwolken hinaus und nennt sie die »unumgänglichen Forderungen«. Und der erste, der sie im Leben umgeht, ist er selber, und der Pfründe wegen, der Ehe wegen, all der gebieterischen Dinge wegen, die nicht in Marburgs Mauern liegen, lernt er um in der Algebra des Lebens. Treu!

Und – dennoch!

Stunden haben, die wie das Vergessen sind – bis auf die Stunde.

Nichts wissen, als dass man noch da ist in schwärmender Tafelrunde.

Dass man die schwere Süße um sich spürt der Erwartungen.

Der Erwartungen, die wie nie auszuzählende Frühlingswunder sind und doch nur den glücklich machen, der sich nimmer des Zählens begibt.

Das kam über Klaus Kreuzer, dass seine Stirn sich zusammenzog und aus seiner Brust ein langer, stoßender Atemzug ging. Das kam über ihn, dass seine Lippen sich zu einem harten Strich zusammenpressten.

»Pirat! Wen willst du vor die Klinge? Lass sie pfeifen auf Hieb und Stich und gottselige Abfuhr! Ach, und stoß an, Bruderherz, da wir doch so jung zusammen sind.«

»Dein Wohlsein, Baum. Was? Rest? Wie kann man so trinken!«

»Ist das eine Konsultation?«

»Ich wünsche dich nicht bloßzustellen.«

»Also du fassest das Glas hier unten – hebst es hinten hoch – siehst du – vorn läuft es von selber.«

Der vergnügte Landarzt hatte sein Glas geleert. »Ja – was ich noch sagen wollte – und für ärztliche Bemühungen bekäme ich einen Taler.«

»Halsabschneider!«

»Drückeberger. Kenn' ich. Nur heraus mit dem dicken Silberling. Das wäre also der Bowlenfonds.«

Der junge Walter Kreuzer stand, die Mütze in der Linken, am Tische der alten Herren. Der schwere Landarzt blieb behaglich im Sessel liegen und wandte kaum den Kopf. »Was wünschest du, mein Sohn?«

»Gestatte, alter Herr, dass ich mich vorstelle.«

»Wie heißest du?«

»Walter Kreuzer, Sohn des alten Herrn Klaus Kreuzer.«

Der Doktor streckte ihm die Hand entgegen. »Was? Zwei Kreuzerlein? Willkommen in der Couleur. Auf dass du lange lebest, eine Zierde unserer Farben wie dein Vater. Prosit, Fuchs. Und bleib alleweil mein Freund.«

Und er summte, während er das Glas gegen das Licht hob: »Was nützen mich die Kreuzerlein – wenn ich gestorben bin.«

Der Fuchs hatte sich den alten Herren Pastor Ritter und Pastor Lindner vorgestellt. Das Tonnenmützchen saß dem fröhlichen Ritter weit im Nacken. Den Arm schlang er um die Taille des jungen Mannes.

»Nun – nun? Wie heißt die Parole, Fuchs? Philologie? Nimm Öl aus dem Krüglein deines Vaters. Medizin? Der große Medizinmann Baum fährt dich auf die Praxis, dass du deine Knöchlein besser spürst als die der Patienten. Theologie? Komm zu mir und halte bei mir die Probepredigt, auf dass ein jähes Erwachen in die alten Weiber fahre. Nur nicht Juristerei.«

»Weshalb nicht Jus, alter Herr?«

»Dieweil die Advokaten siebenspännig in die Hölle fahren.«

Und begütigend sprach die zarte Stimme Pastor Lindners: »Es ist seine liebenswürdige Marotte. Er hätte selber gern Jus studiert, und nun tröstet er sich mit einem Kraftsprüchlein.«

»In die Kanne, lieber Lindner. So – geschenkt. Nun wird dein Zeigefinger wohl nicht mehr höchst unchristlich in alten Wunden wühlen. Du trinkst auf mein Spezielles? O du Seele von einem Menschen.«

Und wieder rauschten Geigen, Bässe und Flöten von der Musikantentribüne durch den Saal, sang es aus jungen und alten Kehlen in die hinabsteigende Frühlingsnacht, irgendeinem Frühlingsmorgen entgegen, der in der Zukunft lag, der sich aus der Vergangenheit aufgemacht hatte, irgendeinem, der den Duft der Jugend trug.

Das Präsidium war an die alten Herren übergegangen. Der lange Ritter hielt es in starken Händen. Scheffel regierte die Stunde, und der Rodensteiner brauste durch den Odenwald: »Raus da, raus aus dem Haus da, o Horn und Zorn und Sporn!« Der dicke Baum stand würdevoll vor dem Präsidentensessel, und er gebot das Lied an die Lindenwirtin, den ewigen Jugendgruß an Ännchen von Godesberg, am Rheine, am Rheine! Und nun hatte der reine Tor, hatte der bärtige Knabe Lindner die Kommandogewalt.

»Ich stehe hier nur«, sagte die zarte Stimme, »als ein Vorläufer. Wir haben ihn unter uns, den wir schon liebten, als wir jung waren wie ihr, und unsere Liebe ist mit ihm gegangen von der Fuchsentafel und über die Mensurböden und durch die Burschenzeit ins Leben hinein. Er war die Sonne unserer Jugend und der beste Student, den Marburgs Mauern, Marburgs Töchter, ja Marburgs Häscher je gesehen. Wer kann die Sonne fangen? Es fing ihn keiner, noch sein Lachen, und sich und seine Lebensfreude trug er hinaus in die Welt, gab sie der Menschheit. So wurde er der Stolz unseres Mannesalters, mehr als das, er wurde uns die lebendige Versicherung, dass auch wir recht getan hatten, das Gottesgeschenk der Jugend zu genießen, sehen wir ihn doch heute auf hoher Höhe, gefeiert von der Wissenschaft, stürmisch geliebt von seinen Jüngern. Silentium! Wir reiben einen Salamander auf unseren alten Herrn Geheimen Regierungsrat Professor Doktor Klaus Kreuzer.«

Der Donner der Gläser auf den Tischplatten war verklungen. Still saß der Professor auf seinem Platze. Mit geweiteten Augen schaute er über die Buntmützen hin, als sähe er Menschen und Dinge in den Saal strömen, die nicht mehr waren. Sprach der bärtige Mann am Präsidententisch wirklich von ihm? Hatte es das gegeben? So viel Sonne –? So viel Sonne? Und log der bärtige Mann mit dem glücklichen Knabengesicht nicht? Jetzt, jetzt, da er von dem Gewordenen, der Gegenwart sprach? Nein, nein, nur er selber hatte gelogen, sich selbst belogen. Und nun donnerte die Huldigung in sein Ohr hinein. Und sein Blick kehrte aus der Weite zurück und sah wieder feste Linien, sah junge Gestalten, sah junge, lachende, fragende, schwärmerische Augen auf sich gerichtet. – Da riss es ihn auf.

Noch hörte er Lindners Stimme. »Ich übergebe das Präsidium –«

Da stand er am Platz des Präsidenten, an dem er – fünfundzwanzig Jahre waren es bald – so oft gestanden hatte.

»Ich danke euch. Ihr habt mir eine Ehrung dargebracht, und das ist ein Geschenk. Da bedarf es einer Gegengabe. Wollt ihr sie haben? Nun, dann nehmt von mir das Gelöbnis, dass ich jung bleiben will, wie ich es einmal war, wie ihr es heute seid. Jung sein, jung bleiben! Und wenn die Welt voll Teufel wär! Nur diese eine Tugend gibt's. So wünsche ich uns alle tugendhaft zu sehen bis ans Ende, und nicht anders. Ach, was wisst ihr, wie ihr den Burschensang und - klang braucht im Leben! Gott gab ihn uns zum Ausgleich. Gott gab ihn uns, damit wir im Jagen und Drängen zur Besinnung kommen, wenn er uns plötzlich – irgendwoher – im Ohre ertönt. Dass wir vergleichen, prüfen, wägen und – zu leicht befinden. Dass wir beschämt innehalten. Wenn's nottut: das Steuer herumwerfen. An Bord nehmen, was hinter uns her schwimmt mit verlangenden Armen. Es ist der Kriegsschatz, ohne den wir verloren sind gegen den schlimmsten Feind, gegen die schlimmste Sünde: Die Blasiertheit. Nur diese Sünde gibt's, und keine andere. Ein blasierter Mensch ist ein Bankrotteur, der sich seiner Daseinsberechtigung begab, als er die Gaben Gottes nicht mehr zu erfassen vermochte. Lasst es euch gesagt sein, ihr Burschen und Füchse: Die Schönheiten der Welt sind keine Fuchsfallen, und der Herrgott liegt nicht auf einer Wolke auf der Lauer und späht durchs Fernglas, zu sehen, wer von den armen Menschlein ihm ins Eisen gehe. Es ist seine Vatergüte, die uns die kurze Erdenspanne mit seinen Sonnen und Sternen bestreut. Greift sie auf, und ihr könnt nicht altern. Nützet den Tag, und ihr behaltet eure hellen Augen und euer klingendes Lachen. Nur wer den Kuss der Jugend auf seinen Lippen spürt, ist noch im Sterben glücklich zu schätzen. Das ist der Weisheit letzter Schluss. Trinkt Rest darauf, Leute!«

»Professor Kreuzer – Geheimer Regierungsrat – Mariannens Gatte«, schoss es ihm durch den Kopf.

Er lachte.

Um ihn herum stürmte der Beifall, die Begeisterung, die erschlossene Seligkeit junger Gemüter.

Er lachte.

Das aber war ein anderes Lachen.

»Wir singen das Heckenrosenlied. Silentium! Musikanten, den ersten Vers! Silentium – das Lied steigt.«

»Es war ein Knab' gezogen wohl in die Welt hinaus,
War ihm sein Lieb auch gewogen, das Glück, das Glück blieb
    aus.
Und er wanderte weit
Zur Sommerzeit,
Wenn am Walde – die Heckenrosen blühn.

Das Mägdlein barg sein Klagen daheim im Kämmerlein.
Sie durft' es ja niemanden sagen, und hoffte jahraus, jahrein.
Schaut' über die Heid'
Zur Sommerzeit,
Wenn am Walde – die Heckenrosen blühn.

Ein Reiter kam geflogen, weit flattert sein Mantel im Wind.
Sag, bist du mir noch gewogen, herzallerliebstes Kind?
Da lachten sie beid'
Zur Sommerzeit,
Wenn am Walde – die Heckenrosen blühn.

Und er hielt sie in den Armen, ihr Herz vor Wonne schlug.
Hat auch die Welt kein Erbarmen, die Liebe ist stark genug.
Und da küssten sich beid'
Zur Sommerzeit,
Wenn am Walde, am Walde, die Heckenrosen blühn.« –

3.

Waren Stunden vergangen, seitdem das Lied verklungen war?

So waren sie wie Minuten gewesen, von denen der Sekundenschlag mehr zählte als eine Stunde.

Kreuzer ging zum Fenster und zog die schwere Leinengardine zurück. Ein dunkelblaues Dämmern füllte Nähe und Weite, ein letztes Verhüllen des Morgenwunders. Und eine Nachtigall schlug vom blühenden Hang hinauf. Das hatte er seit Jahren nicht mehr erlebt.

Er stand und horchte. Und vernahm, wie die Jugendfreunde hinter ihn traten. Da griff er, ohne sich nach ihnen umzuwenden, nach ihren Händen. »Kinder – das ist zum Glücklichwerden!«

»Alter Pirat – du hast dein Teil geborgen.«

»Ja, ja … Und ihr?«

»Da es bedeutend schlimmer hätte kommen können, haben wir also – das große Los gezogen.«

»Sprecht ernsthaft.«

»Noch ernsthafter? Eine blühende Pfarrei, eine fröhliche Landpraxis – beim heiligen Veit von Staffelstein, wir sind doch keine Duckmäusernaturen?!«

Halt. Das Wort hatte er schon gehört. Wann? Heute? Gestern? Ganz gleich. Es war ein Wort im Alltagsgewand und voll innerer Köstlichkeiten. Und – Traud hatte es gesagt. Natürlich ...

»Unsere jungen Leute sind wohl schon heim? Wollen wir Überlebenden – ja, was wollen wir Überlebenden?«

Seine Augen suchten das blaue Gewoge des dämmernden Tages zu durchdringen.

»Den Morgen begrüßen, Kreuzer!«

»Marburg zeigen, wir leben noch! Wir werfen uns wie Antäos an der Mutter Brust, neue Lebenskräfte einzusaugen, wenn uns ein Schicksal trifft.«

»Hierher, Fax, Bowle hierher ans Fenster – als festlich hoher Gruß, dem Morgen zugebracht!!«

»Still«, sagte Kreuzer, »der Morgen will mit uns sprechen.«

Die Gläser in den Händen, saßen sie stumm beieinander und blickten in die blauen, flatternden Schleier. Immer inbrünstiger wurde das Lied der Nachtigall. Und nun kam eine Woge frischen Blütenduftes.

Die Sonne ...

Von den Hängen flatterten die Schleier los, über die Lahnwiesen strichen sie hin in eiliger Flucht, die Bergkette schüttelte sie von den Häuptern, dass sie zu silbernem Tau zerstiebten. Bilder taten sich auf in stiller, schwelgender Frühlingspracht, in stiller, drängender Liebe, in lebenzeugender Sonne.

Da lag Marburg, die alte, liebe Stadt, und war nur schöner geworden. –

»Versteht ihr?«, fragte Klaus Kreuzer.

Die anderen nickten.

»Das will uns sagen«, fuhr Klaus Kreuzer fort, »ich bin ein Gleichnis und will in euer Leben hinein und euch aufrufen, wenn ihr vergesst, was euch nottut. Euer Leben mag älter, aber es darf nur schöner werden. Nein – mehr noch. Es gibt keine Zeit, wenn ihr es nicht wollt. Seht her und macht sie nach: die tägliche Auferstehung. Habt nur den Mut zum Glücke ...«

Er brach ab und starrte hinaus. Was würden die guten Kerle davon wissen ... Kaum ihre Atemzüge hörte er.

Und in die tiefe Stille klang die Stimme des Landarztes, und über seinem Gesichte lag ein merkwürdiger Hauch, der es verschönte und vergeistigte. Und in die tiefe Stille hinein sagte er nur: »Es braucht kein Geist aus dem Grabe und kein Professor aus Berlin zu kommen, um uns das zu verkünden.«

Und der lange Ritter fügte hinzu, und seine Blicke tranken den Morgen: »Siehst du, deshalb sind wir hier.«

Da war es Kreuzer, als griffe ein Neid an sein Herz.

So viel war er geworden und so wenig die anderen, und doch wusste er nichts zu erwidern.

»Klaus«, bat die schmeichelnde Knabenstimme Lindners, »komme öfter herüber von Berlin. Wirklich, du solltest es tun. Der Lorbeer läuft dir nicht weg, aber die Rosen, Klaus. Und du bist doch erst fünfundvierzig.«

Das packte ihn, dass der Neid sein Herz losließ, dass der Hochmut die Segel strich, dass nichts mehr in seinem Blute war als eine grimmige Sehnsucht.

»Ich komme, Kinder, ihr habt mein Wort darauf. Das mit dem Lorbeer und den Rosen, Lindner, das war gut gesagt. Nur ein reiner Tor konnte das Wort prägen, dem keine Wissenschaft beikommt. Her mit den Gläsern. Angestoßen. Guten Morgen, du Frühlingsmorgen!«

»Nach Hause jetzt.«

»Um drei Uhr Fässchenpartie nach der Schwedenschanze.«

»Burschen heraus!«

Zu zweit untergefasst, traten sie in den blinkenden Morgen hinein, gingen sie die krummen Gassen hinab, verweilten sie vor diesem Haus, vor jenem Platz, standen sie sich lachend Red' und Antwort, riefen sie sich Mädchennamen zu und die Namen der Gegner, die sie auf der Mensur bestanden hatten, die Namen der Philister, die sie gemartert, und die Namen der herbeigestürmten Häscher, die sie nicht minder gemartert hatten.

»Weißt du noch, Klaus? Hier saustest du barhaupt und hemdärmelig die Straße hinunter, ein Bündel unterm Arm, und wir schrien aus dem Fenster hinter dir her, bis alle Philister aufgeregt in den Fenstern lagen und mitschrien, und die Stadtschergen erschienen und wie besessen die Verfolgung aufnahmen. Das ging wie die wilde Jagd den Schlossberg hinunter und um die Elisabethenkirche herum und zurück zur Universität, und die ganze Studentenschaft war auf den Beinen. Und plötzlich bogst du um und ranntest gegen den atemlosen Polizeimann, der die Hand nach dir streckte, und sagtest: ›Pardon, mein Herr, wissen Sie hier in der Nähe nicht einen billigen Schneider? Ich habe hier einen Rock zu flicken!‹

Wie Lots Weib stand der Mann, und es folgte eine Tobsucht. ›Mensch, weshalb laufen Sie denn, als ob Sie gestohlen hätten? Sie – Mensch!‹ Und verwundert erwidertest du: ›Mein Herr, weil ich es nicht für anständig halte, in Hemdärmeln langsam über die Straße zu gehen!‹ Verneigtest dich und warst im Schwarm der Buntmützen verschwunden.«

»O Academia!«

»Kinder, Kinder!«

Und die Erlebnisse wuchsen aus dem Boden und trugen die edle Patina der Verklärung, und die Geschichten folgten sich.

»Hier geht mein Weg«, sagte Klaus Kreuzer. »Ich habe euch versehentlich durch die halbe Stadt begleitet und muss nun wieder den Berg hinauf. Schlaft wohl!«

»Wo wohnst du, Kreuzer? Nicht bei uns im Hotel?«

»Ich wohne bei Frau Werder.«

»Frau – Werder? Haben wir nicht einen Werder in der Couleur? Natürlich! Werder, der Amoroso. Wo ist er geblieben, der heißblütige Kerl?«

»Verstorben. Und seine Witwe ist die Cousine meiner Frau. Deshalb wohne ich dort. Und mein Junge hat Marburger Quartier dort bezogen.«

»So, so. Auf Wiedersehen, Kreuzer.«

»Auf Wiedersehen, ihr.«

4.

Prachtvoll war die Morgenluft. Er atmete sie aus tiefen Lungen, als er den Berg hinaufschritt. Die Mütze saß im Nacken. Das Band lag fest um die Brust. Und in ihm sangen und klangen die alten Studentenweisen. Weit, ganz weit dehnte er die Arme ...

Er trat ins Haus und dämpfte den Schritt. Vor der weiß lackierten Tür blieb er stehen. War das nicht ein Kichern? Er klopfte.

»Willst du wohl!«, tönte eine Stimme.

»Nur Guten Morgen wünschen. Auf Wiedersehen, Traud.« Und elastisch ging er die Treppe weiter hinauf.

Da öffnete sich hinter ihm die Tür, und die Hausfrau stand im hellen Morgenkleid und lachte hinter ihm drein.

»Guten Morgen, Klaus. Gut bekommen – das Stelldichein mit dem Klaus von ehedem?«

»Warte, ich habe dir eine Probe mitgebracht.«

»Pirat«, lachte sie und war in ihrem Zimmer.

Klaus Kreuzer aber schlief einen festen Jugendschlaf, und als er um die elfte Morgenstunde erwachte, stand der Sohn an seinem Lager.

»Was, du bist vor mir auf?«

»Frühschoppen, Papa.«

»Ich denke, du wolltest sofort ins Kolleg?«

»Ach, Papa, auf den einen Tag wird's wohl nicht ankommen.«

Ein Lächeln huschte um des Professors Mund. »Nein, nein, auf den einen Tag wird's wohl nicht ankommen. Aber damit du nicht weiter in Anfechtungen fällst, werde ich – ja, ja, das werde ich – an Mama depeschieren, dass ich erst morgen komme.«

»Papa! Famos, Papa!«

»Und nun lass mir eine halbe Stunde zur Toilette. Wir gehen dann zusammen.«

»Du – Papa ...«

»Was denn, mein Junge?«

»Ich war gestern Abend rasend stolz auf dich. Und ich habe es auch Tante Werder schon gesagt.« Und nun war der Junge draußen. Und der Vater sann hinter ihm her. – –

Eine halbe Stunde später betrat er frisch und hoch gestreckt das Frühstückszimmer.

»Guten Morgen, verehrte Cousine. Bin ich nicht ein Frühaufsteher?«

Sie legte den Kopf auf die Seite und betrachtete ihn.

»Alle Achtung, Klaus. Dafür, dass du schon um sechs Uhr früh auf den Beinen warst, bist du noch immer recht rüstig.«

»Spötterin. Dürfte ich wirklich noch um eine Tasse Kaffee bitten? Wo steckt der Walter?«

»Das ist ein Junge, Klaus. Nachdem er mir mit strahlenden Augen von *ihm*, dem herrlichsten von allen – das solltest du nämlich se Klaus – erzählt hatte, bekam er plötzlich das zweite Gesicht und musste eiligst noch ein Kolleg belegen. Sehr beschämend für den väterlichen Leichtsinn.« Und sie schenkte ihm das Frühstück ein.

»Leichtsinnig? Ich –? Ach, Traud, ich wollte, ich könnte es noch einmal von Herzen sein.«

»Ja, ja, ich glaub's. Was ihr so darunter versteht. Von Zeit zu Zeit mal über die Stränge schlagen und sich heimlich freuen, dass es keiner gemerkt hat. Lieber Klaus, das ist ein billiger Leichtsinn für kleine Leute und würde gar nicht zu dir passen. Schlag's dir aus dem Kopf.«

»Kennst du *zwei* Arten von Leichtsinn? Eine passende und eine unpassende?«

»Ja«, sagte sie und hob die Stirn. »Wenn du schon bei dem Wort bleiben willst, so kenne ich zwei Arten.«

Er sah ruhig auf zu ihr, die neben ihm stand. »Nenn sie, Traud.«

»Nein, ich fürchte mich nicht. Es wär ja eine Lüge, wenn ich anders sprechen wollte. Es gibt einen leichten Sinn, der sich heimlich aufmacht und durch die Niederungen schleicht, einerlei, ob es durch Sumpf- und Brackwasser geht, wenn nur die Spur nicht gefunden wird, und es gibt einen leichten Sinn, der sich über alle Miseren in lichte, frohe Höhen zu schwingen versteht, bis die Augen der Nachstaunenden ihn nicht mehr zu fassen vermögen, bis er selber die Sonne verspürt und er Gott anders begreift und seine Welt und erkennen lernt, dass es über jede Misere hinaus einen lachenden, blauen Himmel gibt für den, der zu fliegen versteht.«

»Weiter«, sagte Klaus Kreuzer nach einer Weile, »ich höre dir zu.«

»Weiter?«, wiederholte sie. »Lern fliegen, und du brauchst meine Weisheit nicht.«

Und wieder sagte Klaus Kreuzer nach einer Weile: »Ich habe es einmal gekonnt – oder wohl nur zu können geglaubt, denn ich schlage nur noch zur Schau mit den Flügeln.«

»Weshalb?«

»Gott, liebe Traud, es gibt eben Menschen, die sich lieber einen Pfauhahn halten, der der allgemeinen Bewunderung zugängig gemacht werden kann, als einen Adler, der sich den Blicken der Leute entzieht.«

»Ich glaube gar, Klaus, du hast deinen ganzen Geheimratsfrack voll Orden.«

Eine Röte glitt über seine Stirn. Dann sah er scharf auf.

»Keine Sorge, du wirst keinen zu sehen bekommen.« Und er erhob sich mit verschlossenem, hochmütigem Gesicht.

Sie erwiderte nichts, stand auf und sah ihn lächelnd an. Bis es ihn unruhig machte.

»Weshalb lächelst du denn nur, Traud?«

»Weil ich dich gerade im Schmucke deiner Orden sehe ... Adieu, Klaus, und recht viel Vergnügen.« Und sie nahm das Tablett vom Tisch, winkte ihm zu und ging aus dem Zimmer.

Einen erregten Schritt tat er ihr nach, besann sich, dass er Gastfreundschaft in diesem Hause genoss, und meisterte seine Erregung. Auf dem Tisch lag die Studentenmütze. Er griff nach ihr und zog sie in den Nacken. Da kam Walter die Treppe hinauf. Straff ging er ihm entgegen. »Junge, der Frühschoppen wartet, und wir wollen uns – über die Erdenschwere in die Lüfte schwingen.«

»Bist du nicht aufgeräumt, Papa?«

»Ich bin es sogar sehr, und zum Zeichen dessen machen wir jetzt den Umweg übers Telegrafenamt.« – – –

5.

Es war Nachmittag, und Frau Traud Werder saß in ihrem Zimmer vor dem Klavier und spielte sich zur Freude ein still dahinschwebendes Lied. Ihre Augen blickten über die Noten hinweg, und die Sonne lag, als wüsste sie sich keinen schöneren Platz, voll auf ihrem Haarknoten und auf ihren schlanken Schultern. Da pochte es an die Tür.

»Herein, wenn's eine Frühlingsbotschaft ist.«

Und die Hände auf die Klavierbank gestemmt, wandte sie sich um.

»Ach, Klaus – du? Schon Schluss gemacht mit der Freude?«

»Falsch geraten. Sie soll erst anheben. Und dazu bin ich hier.«

Sie sah ihn forschender an und erhob sich langsam. Und sah die aufsteigende Spannung in seinen Zügen und lachte ihn aus.

»O nein – jetzt hast *du* falsch geraten. Ich habe durchaus keine Angst vor dir und unserem Alleinsein. Also?«

Der Mann in ihm reckte sich in den Schultern. »Sei nicht immer so schrecklich selbstsicher, das sieht fast wie Koketterie aus.«

»Wie's aussieht, ist mir gleich, ich tu' nur, was mich freut. Mach's nach, Klaus.«

»Du«, sagte er, und die Stimme war ihm ganz schwer, »wenn ich dich jetzt beim Wort nähme. Ich habe Hunger.«

Ohne Besinnen hatte sie die Klavierbank losgelassen und war bis vor ihn hingetreten. »Es ist nicht der richtige, Klaus, es ist nur ein Heißhunger. Das ist wie mit dem zweierlei Leichtsinn, weißt du? Und nun sag dein Sprüchlein.«

»Wir wollen einen Ausflug machen. Hinaus zur Schwedenschanze. Die anderen sind schon vorauf, und es sind Damen dabei.«

»Nun – und?«

»Ich hätte dir so furchtbar gern eine Freude gemacht. Du sitzest hier in deinen vier Wänden. Das behagte mir nicht.«

»Klaus – da sind doch Professorengattinnen und hochwohlerzogene Töchter?«

»Ich möchte sie alle zusammen mit dir ausstechen.«

»Wirklich –?«, sagte sie leise. »Wirklich – –?« Und ihre Brust hob sich. »Gib mir mal deine Hand, Klaus. Wahrhaftig, jetzt sehe ich auch deine Orden nicht mehr. Also mir wolltest du eine Freude machen, und ich« – sie strich ihm, wie tags zuvor, mit der Hand über die Augen – »schau mich nicht so dumm an, ich hole mir meinen Hut.«

Sie war hinaus, und er stand, hob seine Hand und ließ sie denselben Weg über die Augen gehen, den ihre Hand genommen hatte. Und blickte sich um und horchte zugleich nach innen und nach außen. Ein leises Singen war's. Sein Blut? Ihre Stimme, deren Klang noch durchs Zimmer flatterte? Oder doch – sein Blut? Und es konnte noch strömen und der Freude entgegenwallen wie Jünglingsblut? Und er horchte nach innen und nach außen und fand keine Begründung und nur – dies Gefühl. Da wusste er, dass es für dies Gefühl keine Begründung gab vor lauter warmer Menschenfreude. –

»Deinen Arm, Traud.«

Sie legte ihn hinein und ging schlank und schmiegsam an seiner Seite. Die Bürgersleute grüßten aus den Haustüren hinaus, und sie grüßten beide wieder und verfolgten schweigend ihren Weg, der sie aus der Enge der Gassen hinausführte ins weite Lahntal und den waldigen Höhen zu, die im Gold des Ginsters standen.

»Weshalb sprichst du nicht, Klaus?«

»Wir haben ja nichts anderes getan, als miteinander gesprochen.«

»Gut«, sagte sie mit einem wohligen Ton, »schweige weiter.«

Er fasste die Hand, die in seinem Arme lag, führte sie an die Lippen und legte sie wieder in seinen Arm zurück. »Nein – jetzt, wo die Stimmen einmal laut geworden sind, können wir auch bei dieser Sprache bleiben. Denn nun werden wir uns auch in ihr nichts mehr verheimlichen.«

»Ich verheimliche nie etwas, Klaus. Das war ja schon immer der Kummer der Familie.«

»Du hast deinen Mann sehr lieb gehabt, Traud?«

»Ja, Klaus, das habe ich.«

»Trotz aller Nöte und Bedrängnisse, in die er dich hineingebracht hat?«

»Das hat doch mit der Liebe nichts zu tun.«

»Ich meine – es bedarf doch immer eines hohen Maßes von Achtung, um jemanden durch dick und dünn immer noch lieb zu behalten. Ich meine so, dass man die Augen schließen kann und nichts verspürt – als Wohlsein –«

»Ach, Klaus, red doch keine Dummheiten. Das steht ja nur in deinen dicken Büchern, und wenn sie noch viel dicker wären, wüssten sie darum doch nichts vom Selbstverständlichen.«

»Was nennst du das Selbstverständliche, Traud?«

»Jemanden lieb haben, ohne nach Dingen zu fragen, auf die es keine Antwort gibt. *Das* nenn' ich so, du hochgelehrter Professor. Achtung? Was heißt Achtung? Heiratest du nur die Tugenden oder auch die Fehler? Aussondern ist nicht, und Achtung habe ich nur vor der grenzenlosen Liebe, die sich immer wieder erschöpft, um sagen zu können: Da, nimm. Besseres habe ich nicht zu vergeben. Und wenn der Mensch ein armer Schlucker ist oder ein Himmels-stürmer.«

»Du – Traud – und so hast du immer – gelebt?«

Sie drückte schweigend seinen Arm. »Leb ich? Nun, wenn ich also nicht dabei gestorben bin, so weißt du die Antwort.«

»Traud, ich habe Respekt vor dir. Wer hätte das vor einigen zwanzig Jahren in dem kleinen Mädel gesucht.«

»Ja, Klaus, damals war ich fünfzehn und trug lange Zöpfe, bis in die Kniekehlen. Das war meine Schwärmerei. Und noch eine andere Schwärmerei kam hinzu, und du brauchst dich nachträglich nicht in die Brust zu werfen, wenn ich dir heute sage, dass diese Mädchenschwärmerei Studiosus Klaus Kreuzer hieß, denn das war ein ganz anderer, als der nachmalige Professor und Geheime Rat gleichen Namens, und hatte den rechten sonnigen leichten Sinn, der es verstand, zur rechten Zeit alle Erdenschwere zu Boden fallen zu lassen und zu seiner und der Menschheit Freude ein echtes Sonnenkind zu sein. Und schon damals hatte ich den Glauben an die Wunderkraft der Sonne.«

»Und – nachher?«, fragte der Mann an ihrer Seite: »Und dann?«

»Und dann gab es eine schreckliche Szene mit meiner fünf Jahre älteren Cousine Marianne, die mich ein kokettes dummes Ding schalt und dich einen leichtsinnigen Couleurburschen, dessen große Fähigkeiten mit Gottes Hilfe auf den rechten Weg gebracht werden müssten. Und das Leben wäre kein Rosenpflücken, sondern ein Dornenweg.«

»Und das glaubtest du?«

»Hast du es etwa nicht geglaubt? Fort warst du von Marburg und trugst Mariannens Ring und Siegel statt des goldnen Dichtersinnes – denn ehrlich, alter Klaus, das schmale Bändchen Gedichte, das du als Student in die Welt schicktest, ist mir heute noch lieber als die dicksten Bände Literaturgeschichten, die dir später einen so hohen Namen machten. – Ja, fort warst du, wurdest Doktor, Professor gar, saßest mit fünfundzwanzig Jahren auf dem Lehrstuhl und im Ehehafen.«

»Und du?«, fragte er hastig.

»Ich, Klaus? Ich war ja, wie Marianne sagte, ein kokettes dummes Ding, und die Couleur hatte es mir nun einmal angetan. Der Hans Werder war nicht wie du, aber er gab sich doch alle Mühe, so zu scheinen, und mir schien er daher auch so. Nachher, wie ich den Unterschied merkte, und dass heißes Blut noch lange keine heiße Seele ist, siehst du, da hatte ich das heiße Blut nun schon mal gern gewonnen, und als der verliebte Bursche durchs Staatsexamen fiel, heiratete ich ihn zum Schrecken der ganzen Familie. Nun«, fügte sie nachdenklich hinzu, »er wäre auch ohne dies und zum zweiten und dritten Male durchs Examen gefallen, denn außer Liebesabenteuern wusste er in der Tat recht wenig, und ich habe ihn doch noch ein Dutzend Jährlein über Wasser gehalten.«

»Es müssen schwere Zeiten gewesen sein, Traud.«

»Er hat nichts davon gemerkt, Klaus. Er war der geborene Zigeuner, und weil ich ihn nahm, hielt er mich auch dafür, das ist ja so klar. Durfte ich ihn enttäuschen? Der Mann muss daran glauben, dass er der Führer und Lenker des Frauenherzens ist, er muss an seine Liebeskraft glauben. Und dann glauben wir auch an ihn, so wenig wundergläubig man mit der Zeit wird.«

Klaus Kreuzer war stehen geblieben: »Aber die Sorgen, die Sorgen des Lebens?«

Sie standen im blühenden Gold der Sträucher, und der Wald wölbte sich über ihnen und streute aus den Wipfeln wilder Obstbäume silberne Blätter auf sie herab. Trauds Hände spielten in den Zweigen des Gesträuchs, und ein Regen goldener Blüten rieselte durch ihre Finger, als wäre sie eine Goldmacherin, von der die Märchen erzählen.

Klaus Kreuzer hielt den Atem an und staunte auf das Bild.

»Ach, Klaus, es braucht nicht viel, um glücklich zu sein. Nur den Mut braucht es.«

»Aber leben muss man doch können, wenigstens leben!«

»Einmal war er Privatsekretär, ein andermal ordnete er Bibliotheken, zuletzt war er Fechtmeister in Heidelberg. Und wenn er nach Hause kam und sich ein wenig schämte, dass der Verdienst gar so mager ausgefallen war, machte ich ihm meine strahlendsten Augen – weißt du: so! – als ob ich ihn zum ersten Male sähe, und sagte nur immer: ›Kerl, was für ein Kerl bist du! Ach, du holst mir ja doch noch einmal den Mond und die Sterne vom Himmel!‹ Und dann – ja, was tut ein Mann dann wohl? Er gibt sich eine Haltung vor seiner Frau und sucht schleunigst das Beste hervor, was er hat, seine allerdankbarste Liebe, damit die Frau nicht merken soll, was für ein armer Teufel er im Grunde ist. Und siehst du, Klaus, um dieser Haltung willen, die für eine Frau etwas Rührendes hat, liebte ich ihn.«

»Und ist in diesem Wunderglauben gestorben ...«

Sie nickte und ließ immer noch das Gold der Ginsterblüten durch ihre Finger rieseln.

»Fünf Jahre sind es. Und wie er mir sagte, starb er mitten aus dem Glück heraus, obwohl kaum ein Stück Brot im Schranke war. Marianne sagt: ein Dornenweg, kein Rosenpflücken. Marianne irrt sich. Wenn man genauer hinblickt, sieht man auch am Dorn die Heckenrosen blühen.«

Er antwortete nichts, und plötzlich fühlte sie das Schweigen. Und sie hob den Kopf und sah, dass er auf ihre Hände starrte, die mit den goldenen Frühlingsblüten dicht gefüllt waren, und dass seine Gedanken erst weitere und immer engere Kreise zogen. Und mit rascher Bewegung hob sie die Arme und schüttelte die Hände voll Blütengoldes über ihn aus.

»Klaus, Klaus! Ich verzaubere dich! Nun stehst du mitten im Frühling, und im allergoldensten, du Sonntagskind!«

»Sonntagskind«, ahmte er ihr nach.

»Das bist du und das bleibst du, und wenn du die Schultern hebst und sie schüttelst, werden deine Krankheiten von dir abfallen wie Einbildungen.«

»Wer sagt dir denn, dass ich krank bin?«

»Ich habe es gefühlt, Klaus, und deshalb brauchst du es mir nicht zu sagen.«

»Und möchtest mich gesund sehen?«

»Ja, Klaus, das möchte ich wahrhaftig.«

Sie standen und sahen sich in die Augen. Und dann sagte der Mann leise und stockend: »Traud, ich wollte – du wärst meine Frau geworden.«

Und sie erwiderte und sah ihn ruhig an: »Ja, Klaus, das wollte ich auch.«

Und sie sahen sich an, bis die Sonne, die zwischen ihnen war, ihre Augen blenden wollte und es in goldenen Punkten vor ihren Blicken tanzte. Da streckten sie suchend die Hände aus.

»Traud ...«

Und er wiederholte ihren Namen wie eine Bitte.

Sie legte den Kopf in den Nacken. Ihre Lippen zitterten ein wenig.

»Du ...«, sagte er. –

Da hob sie sich auf den Fußspitzen, nahm sein Gesicht zwischen beide Hände und bot ihm den Mund.

Und er fand nichts anderes als das eine Wort: »Du ...!«

»Bist du nun zufrieden, du meine alte, liebe Mädchensehnsucht?«

Er schüttelte den Kopf.

Und nach einer Weile wieder: »Bist du nun zufrieden?«

»Du! Du hast es leicht gegen mich mit deiner einstigen Mädchensehnsucht. Nun bist du meine Mannessehnsucht, und das ist heute, und morgen und alle Tage wird es nun nicht mehr anders sein!«

»Gott sei gedankt«, sagte sie, »dass du wieder etwas zu ersehnen hast.«

»Traud – ist das dein Leichtsinn?«

»Ja«, wiederholte sie, »das ist mein Leichtsinn. Das ist der Sinn, der das Leben leicht macht. Gott sei gedankt, dass du wieder etwas zu ersehnen hast, du lieber Mann, denn die Sehnsucht wird dich jung halten und dir Träume geben, wenn es grau um dich ist, und die Spannkraft, an Schöpfungen heranzugehen, die voll blühenden Lebens sind und nicht voll Bücherweisheit.«

»Nein, nein, du, das ist mir nicht genug! Ich werde oft und oft kommen müssen, um nachzuprüfen, ob die Sehnsucht vor dem Bilde noch standhält!«

Sie reckte sich, dass ein Schwellen durch die schlanke Gestalt lief.

»Komm nur, ich fürchte mich nicht.«

Und er stand und trank mit weitgeöffneten Augen das Bild in sich hinein und wusste, dass es seine Jugend sei, und tat einen Schritt vor und nahm sie fest in beide Arme.

»Bleibst du mir treu?«

»Ich liebe dich!«

»Ob du mir treu bleibst?«

»Sorge dafür.«

Da verstand er sie.

»Ich bleibe mir treu. Hab keine Sorge mehr um mich. Ich lass von meiner Jugend nicht mehr locker, und die Menschen sollen den Gewinn davon haben.«

»Mach die Menschen fröhlich, Klaus, mach sie fröhlicher als weise!«

Und im Wald war ein Frühlingsrauschen, und sie gingen ihm nach, bis die Schwedenschanze sich vor ihnen hob, und bunte Mützen, weiße Mädchenkleider auftauchten und schwanden und auftauchten und verharrten. Und ein junges Lachen war um sie her. Und da unten lag Marburg, die alte, liebe Stadt, streckte die Elisabethenkirche ihre Türme zu ihnen auf, winkte vom Schlossberg der Landgrafenbau und dicht im Grün des Hanges das Haus seiner alten Verbindung, die jung blieb durch den unerschöpflichen Menschenfrühling.

»Und da lachten sie beid',
Zur Sommerzeit,
Wenn am Walde, am Walde,
Die Heckenrosen blühn –«

sang und jubelte es über die Heide, kraftvolle Jungmännerstimmen und helle, süßklingende Mädchenstimmen darüber hinaus. Und die beiden Menschen am Waldrande nahmen das Lied auf, und sie spürten den wilden Rosenduft noch auf ihren Lippen, als sie lange schon im lauten, frühlingsbewegten Kreise saßen, den Rosenduft, der aus der braunen Dornenhecke bricht, wenn die Natur befiehlt.

Da war auch Walter Kreuzer, der jüngste Fuchs, und Mütze und Band waren mit Anemonen dicht besteckt, und an jedem Arme führte er ein lachendes Mädchen dem Vater zu. »Papa, du sollst entscheiden. Sie wollen beide von mir wissen, wer die schönste sei. Ich finde sie beide entzückend.«

»Das genügt uns nicht«, riefen die übermütigen Mädchen, »wir sind in Deutschland und nicht in der Türkei!«

»Wollt ihr euch einem salomonischen Urteil unterwerfen, ihr fröhlichen Frühlingskinder?«

»Ja, ja, Herr Professor!« Und sie knieten ihm zu beiden Seiten und machten ihre lieblichsten Augen.

»Das Schönste an der Frau«, sagte Klaus Kreuzer, »ist das Unsichtbare, die Seele. Und die Gelehrten streiten sich, wo der Sitz der Seele sei. Ich streite mich nicht, denn ich weiß, sie liegt auf den Lippen. Dort in euren rosigen Mundwinkeln kauert sie und wartet darauf, Gutes zu tun. Wer die wohltätigste Seele hat, ist die allerschönste auf der Welt! Vorwärts, ihr Mädchen, jetzt will ich entscheiden!«

Da flatterten sie auf wie erschreckte Singvögel, und die weißen Röcke stoben um sie her wie der Flaum des Nestrandes, und sie jagten mit purpurnen Gesichtern ins junge Volk hinein, das die Arme nach ihnen ausbreitete und durcheinander schrie: »Seelenkunde! Seelenkunde! Fort mit allen Fakultäten! Wir wollen nur noch Seelenkunde treiben!«

»Nun hast du ihnen den Himmel aufgestoßen, Klaus! Ist das nicht die fröhlichste Wissenschaft?«

»Traud, sie kommt von dir. Aufgeschlossen hast du!«

»Ich bin nur der Torhüter.«

»Und wenn der Torhüter Feierabend macht?«

»Gott, Klaus, ein Torhüter ist doch auch nur ein Mensch und muss Stunden haben, in denen er sich mal gründlich um das Wohl der lieben Seinen bekümmert.«

»Traud, ich glaube – diese Stunde ist jetzt da.«

Sie saß unbeweglich und blickte, als wäre kein Wort an ihr Ohr gedrungen, über den Kreis der Menschen hin. Aber in ihren Mundwinkeln zuckte es ganz leise, wie ein verhaltenes Lachen, und sie drängte es zurück, dass es ihr zum Herzen strömte und die Brust sich heimlich hob.

»Siehst du«, sagte er, »du kannst mir nichts verheimlichen.«

Da sprang sie auf und lief zu den Frauen und Mädchen und riss sie mit zu tausend Neckereien und Spielen und Scherzen und ließ keinen ihrer Blicke mehr zu ihm hinüber. –

6.

Im purpurnen Abendschein lag Marburg. Und die Luft war so voll vom Jubilieren der Vögel, dass die Menschen in ihrer lauten Lustigkeit innehielten, stiller wurden und endlich schweigsam. Die purpurne Glut aber griff nach der dunkelblauen Decke, die der Himmel ihr hinhielt, und verbarg ihr letztes Sonnenglück vor den Augen der Menschen.

Ein tiefer Atemzug von der Erde zitterte hinter ihr her.

»Wo bist du, Klaus?«

»Neben dir!«

»Fackeln an! Antreten zum Zuge! Es wird der Harmonie wegen und lediglich der Harmonie wegen gebeten, dass nur harmonisch gestimmte Paare – Wie? – Seelenkunde bei Fackelbeleuchtung? Ich habe hier die Mamas zu vertreten und bitt' mir aus: Mäulchen werden nur gespitzt zum schönen Lied. Silentium! Schönes Lied steigt! ›Wenn wir durch die Straßen ziehen! …‹«

Und der flotte Chargierte, eine weißhaarige Professorengattin am Arm, setzte sich, kräftig intonierend, an die Spitze des Zuges.

Wenn wir durch die Straßen ziehen, recht wie Bursch' in Saus
und Braus,
Schauen Augen, blau und graue, schwarz und braun aus
manchem Haus.
Und ich lass die Blicke schweifen, nach den Fenstern hin und
her,
Fast, als wollt' ich eine suchen, die mir die Allerliebste wär.

Die Fackeln blitzten durch den Wald, und die Augen blitzten
hinüber und herüber, und junge Schultern suchten aneinander Halt
beim Abstieg zur Stadt, als könnten sie so noch einen Herzschlag
lang den Zauber bannen, der sie alle befallen hatte im Frühlingswald.

Durch die Straßen der Stadt ging es fackelschwingend und lieder-
singend, und Klaus Kreuzer und Traud Werder schritten inmitten
der großen Schar und waren still und ganz allein mit sich und
freuten sich, als sie es fühlten und einer es dem anderen immer
wieder mit einem Druck des Armes sagen musste. Die Fenster der
Häuser waren voll von nickenden und lachenden Mädchenköpfen,
und vor den Haustüren erhoben sich die Philister von den Bänken
und zogen die Mützen und setzten sie ärgerlich wieder auf, wenn
ihnen ein Spitzname auf die würdige Glatze geflogen kam im
Überschwang des Jugendübermutes.

Und Traud Werder trat an einer Seitenstraße unbemerkt aus der
Reihe heraus und Klaus Kreuzer mit ihr, und sie ließen den brau-
senden Schwarm an sich vorbei und atmeten tief auf. Dann standen
sie vor Traud Werders Haus, und sie schloss auf, wandte sich in
der offenen Tür nach ihm um und reichte ihm die Hand.

»Gute Nacht, Klaus. Nun habe ich mir so viel Schönes mitgebracht, dass ich nicht mehr allein bin.«

Er trat zu ihr in den Hausflur. »Du willst mich fortschicken?«

»Nein«, sagte sie, »ich will mich selber nur fortschicken, Klaus,
damit wir nicht ins Verschwenden geraten.«

»Traud – wir sind ja so reich – –«

Sie nahm sein Gesicht zwischen ihre Hände und schüttelte den Kopf. »Nichts, nichts haben wir auf Vorrat gesammelt. Verstehst du das, Klaus? Nichts miteinander an Sehnsucht, die Zinsen bringen soll, an diesem steten und immer stärker werdenden Zusammenbegehren, das die kleinste Erfüllung zu einem Sonntag macht, nichts als diesen einen allerersten Frühlingstag, der alles zum Blühen gebracht hat. Klaus, ein rechter Gärtner, der seinen Garten lieb hat, nimmt nicht die Blüten. Klaus, der freut sich täglich an dem Früchtereifen und auf die reiche Ernte. Willst du mich nicht verstehen? Sieh, du lieber Mann, ich möchte dir mehr sein als eine Episode, ich möchte dein Garten sein.«

Er blickte an ihr vorüber. Irgendwohin in den dunklen Gang. »Also ich soll warten und werben. Das ist es.«

Und neben ihm sagte sie in die Dunkelheit hinein mit ruhiger Stimme: »Ich gehöre dir.«

Da beugte er sich hastig nieder, ergriff ihre Hände und küsste sie und küsste jede einzelne. »Gute Nacht, Traud. Ich danke dir. Gute Nacht, und auf morgen und all die Tage.« Und er wollte schnell an ihr vorbei.

Da kehrte ihr mit einem Schlage all ihre Fröhlichkeit zurück, und sie ergriff ihn bei den Schultern, rüttelte ihn ein wenig und lachte ihm in die Augen. »Was, das ist alles? Und nun soll ich hier sitzen und meine geküssten Hände besehen, während du dort oben in eurem Hause Lieder singst und den Becher schwingst und mit deinen Kumpanen in alten Abenteuern schwelgst? O nein, Herr Professor, das ist mir zu wenig, und wenn ich für den Handkuss aus besonderen Gründen auch sehr dankbar bin, Bevorzugungen dulde ich nun einmal nicht, und hier, hier der Mund, will auch sein Privatissimum haben.«

»Genug? Du –! Bevorzugungen dulde ich nicht. Diese lieben Augen – dieser liebe Hals –«

Sie knickste so tief, dass sie unter seinem Arm entschlüpfte. »Gute Nacht – alter Pirat!« Und er hörte ihre Stiefelchen die Treppe hinaufklappern. Und draußen umfing ihn die Frühlingsnacht, dass er sie mit Händen hätte greifen mögen, und in ihm läuteten Glocken und sangen jubilierende Chöre Auferstehungslieder: »Wieder jung geworden – wieder so jung geworden!«

Und bis in die späte Nacht hinein saß er zwischen den Freunden von einst und den Gedanken von heut, und kein Neid kam mehr an sein Herz heran, weil es voll war vom Köstlichsten der Erde, voll von Erwartungen. Mit dem Sohn ging er heim und hörte lächelnd seinen Schwärmereien zu, die er nie in dem streng erzogenen Jungen zu finden geglaubt hätte, und unterbrach ihn nicht ein einziges Mal.

»Aber das Schönste war, Papa, dass du gekommen bist.«

»Weshalb denn, Walter?«

»Weißt du, weil ich dich so jung gesehen habe, und das hat mich dir so viel näher gebracht. Ich könnte dir jetzt immer alles sagen und würde mich nur noch vor dir schämen, aber mich nicht mehr vor dir fürchten. Wir – zwei Männer.«

An diesem Abend küsste Klaus Kreuzer seinen Jungen zur Guten Nacht: »Wir – zwei Männer ...«

7.

Er hatte seinen Stuhl neben Trauds Klavierbank gerückt und sah zu, wie das Morgenlicht über die Tasten rieselte und sich unter dem leisen Anschlag ihrer Finger streicheln ließ. Und wenn sie seinen Blick fühlte, wandte sie den Kopf nach ihm, sah ihn lange an und nickte ihm zu.

»In einer Stunde, Traud, kommt der Mittagsschnellzug und holt mich nach Berlin. Wirst du mit zum Bahnhof gehen?«

»Nein, Klaus. Wir trennen uns ja gar nicht.«

»Ich hätte gern als Letztes einen Blick von dir mit mir genommen. Aber du hast recht, und es muss auch ohne das Symbol gehen!«

Und sie sah ihn lange an und ließ die Finger im leisen Anschlag durch die Sonne gleiten und nickte ihm zu.

»Ich lass dir den Walter, Traud. Lass *ihn* zuweilen zuhören, wenn du spielst, und zusehen, wenn so viel Sonne im Zimmer ist.«

»Ja, Klaus.«

»Marianne hat ihm nicht viel Heiterkeit mitgegeben, und ich saß wie ein rechter Streber zwischen den Büchern und wurde abends von Marianne in den Gesellschaften – vorgezeigt. Da blieb nicht viel übrig für den Jungen. Und doch ist so viel Ungehobenes in ihm und so viel Quellenreichtum, der übersprudeln möchte, wie in jedem jungen Menschen.«

»Er ist ja dein Sohn, Klaus.«

»Er ist es wohl noch nicht, aber ich möchte, dass er es wird. *Mein* Sohn.«

»Ich werde ihm häufig aus der Zeit erzählen, in der sein Vater jung war und« – sie lächelte – »in der er es wieder wurde.«

Er beugte sich über sie und küsste sie aufs Haar.

»Da ich es doch durch dich wurde, so musst du schon seine Mutter sein.«

»Ja, Klaus, das will ich.« Und es wurde still und feierlich in ihnen und um sie her.

Klaus Kreuzer saß und hielt die Hände zwischen den Knien. Und begann noch einmal, leise und beschämt: »Es war ja nicht recht von uns, so einfach den Zufall, dass du deiner Mutter Haus geerbt hattest, wahrzunehmen und den Jungen bei dir einzuquartieren. Aber Marianne meinte, pekuniär machte es dir nichts aus, und du ergriffst auf diese Weise gewiss gern die Gelegenheit, den verlorenen Anschluss an die Familie zurückzugewinnen. Ich sagte Ja und Amen. Traud, ich kannte dich ja gar nicht.«

Sie war blass geworden und ließ die Hände in den Schoß sinken.

»Den verlorenen Anschluss an die Familie ...«, murmelte sie. Und plötzlich erhob sie sich mit einer jähen Bewegung und warf ihm die Arme um den Hals. »Mir gehörst du, mir, und dein Junge gehört mir auch. Schon als Kind habe ich dich lieb gehabt, dich und deine Freude, und die andere hat dich mir genommen, und dir hat sie deine Freude genommen.«

»Nicht so, Traud –«

»Nein, nicht so. Und nun wollen wir nie wieder davon sprechen. Aber geben wollen wir uns aus vollem Herzen alles das, was die anderen nicht wollen und was uns so nötig ist wie das Atmen: unsere Freude, Klaus.«

Er hielt sie ganz fest, und in ihre Augen hinein sagte er: »Dass wir noch so jung sind, Traud.«

»Dass wir noch eine so lange, lange Wegstrecke vor uns haben, Klaus.«

»Leb wohl, Traud. Das ist kein Abschied. Das ist ein Dank aufs Wiedersehen.«

»Auf Wiedersehen, du – –«

Ein paar Schritte tat er und kehrte um, nahm ihr Gesicht in seine Hände und blickte tief in ihre Augen.

»Ich musste noch einen Blick in meinen Garten werfen.«

Dann ging er.

Sie hörte seinen Schritt die Treppe hinaufgehen und wieder herabkommen. Band um, Mütze auf, sah sie ihn elastischen Schrittes über die Straße schreiten, den Sohn neben sich, der seine Farben trug. Und Klaus Kreuzer schritt zum Bahnhof und fand die Couleur vollzählig versammelt und die alten Herren, die vom Feste noch übrig geblieben waren, und er ging von einem zum anderen und schüttelte allen die Hand.

»Wiederkommen! Wiederkommen!«

»Ihr könnt euch darauf verlassen.«

Und der Zug lief ein, der Abschied vom Jungen war vorbei, und er stand am offenen Gangfenster und hielt die Mütze vor der Brust.

»Abfahren!« Und der Zug zog an.

»Stoßt an! Marburg soll leben! Hurra hoch!
Die Philister sind uns gewogen meist,
Sie ahnen im Burschen, was Freiheit heißt.
Frei ist der Bursch – frei ist der Bursch!«

Das klang wie Schwerterklang und Bechersang aus einem halben Hundert Jungmännerkehlen zu ihm auf und schwang sich hinter dem Zuge her und rief zu Lebenskämpfen und Lebensfesten, dass ihm das Wasser in die Kehle treten wollte. Noch immer lehnte er im Fenster und hielt die Mütze zum Gruß fest vor der Brust. Dann war der Bahnhof zu Ende, und er tat einen Ruck und stand hochaufgerichtet und starrte geradeaus.

Da stand am Ende des Bahnsteigs eine Frau und sah ihn an mit weitgeöffneten, hellen Augen.

Da grüßte ihn seine Jugend, die wiedergeborene. –

Ernst legte er Mütze und Band ab … Und auf der ganzen langen Fahrt dachte er an ihre Augen, diese Augen, die ihn wieder sehend gemacht hatten. – –

8.

Spätabends kam er an und fand Marianne im Wagen vor dem Bahnhof halten.

»Der Minister hat zweimal heute nach dir fragen lassen.«

Er wollte eine Entschuldigung sagen, aber ein klingendes Wort lief ihm durch den Kopf, und er musste hinterher und es greifen und es nochmals zum Klingen bringen.

»Der Minister? Und Marburger Frühling? Das reimt sich schlecht zusammen.«

»Lieber Freund, rede, bitte, keine Torheiten. Der Minister will dich in sein Ministerium ziehen, und es müsste doch seltsam zugehen, wenn bei einem Wechsel Majestät –«

»Ich pfeife auf den ganzen bürokratischen Quark. Ich will zwischen meiner Jugend sitzen, zu der ich gehöre, und die zerquälten Burschen zu frischen Männern erziehen.«

»Lieber Freund, mäßige dich, bitte, ein wenig. Ich glaube wahrhaftig, dir spukt der Maitrank noch im Kopf.«

»Der Maitrank.« Er lachte: »Ja, ja, da magst du wohl recht haben, Marianne. Übrigens lässt dich der Junge grüßen.«

»Danke. Sieht er gut aus?«

»Äußerlich oder innerlich?«

»Ach, lass uns doch lieber morgen miteinander reden, wenn deine Marburger Stimmung verflogen ist.« –

Dann hatte ihn das tägliche Leben wieder, aber die Stimmung hielt an und wuchs insgeheim wie ein Garten voll blühender Bäume, die der Reife entgegenharren. Und seine Studenten merkten es am hinreißenden Ton, der Quellen erschloss und sie hinströmen ließ über lauter sonniges Land, als er sein neues Kolleg begann: »Über die Lebensbejahung in der deutschen Literatur.« Donnerndes Getrampel begrüßte ihn beim Aufstieg zum Katheder, und donnerndes Getrampel gab ihm beim Abstieg das Geleit. Da wusste er, dass er den rechten Weg beschritten hatte, und fuhr kraftvoll fort, seinen Studenten die fremde Schminke quälerischer Lebensbetrachtungen aus dem Gesicht zu wischen und ihnen die Frische und Kraft zur Lebensfreude in die aufhorchenden Seelen zu tragen. »Nur eins ist not. Nur dies eine. Und Tod ist Wahn, wenn wir für die Nachfolgenden goldene Spuren hinterlassen. Auf, ins Leben!«

Und eines Abends, als Marianne ohne ihn zu einer ihr wichtig scheinenden Gesellschaft gefahren war und er sich mit dringenden Kollegarbeiten entschuldigt hatte, saß er vor seinen Kollegheften und schrieb. Und als er fertig geschrieben hatte, sah er, dass es ein Gedicht geworden war. Und er nahm es und schickte es ihr, der es gehörte.

Die Sonne

Es lief das Herz dir über schier
Und war voll Sonne nur.
Da stieg sie bis ins Auge dir
Und ließ die goldne Spur.

Ein Weilchen standst du wie gebannt,
Als ob's dich blenden wollt' ...
Und wie du senktest scheu die Hand,
Da lag die Welt in Gold.

Da lag die Welt in Sonnenschein,
Die gestern alt und kalt,
In Flammen stand der Blumenrain,
In Flammen stand der Wald.

Ich kam des Wegs, du sahst mich an,
Dein Blick rief mich zurück.
War nur ein friedeloser Mann
Und ward ein Mann im Glück.

Und ward ein Ritter hoch zu Ross
Und ward des Lachens kund.
Das tat dein Herz, das überfloss,
Das tat dein Aug' und Mund.

Und wenn im Feld die Raben schrein,
Im Zorn der Donner grollt:
Ich schau' mit deinen Augen drein –
Da liegt die Welt in Gold.

Traud las das Blatt, faltete es zusammen und ging durch das Haus. Überall öffnete sie die Fensterläden und ließ an Licht und Luft in die Räume, was hineinwollte, und im Gärtchen schnitt sie einen Fliederstrauß und stellte ihn auf den Tisch in Walters Zimmer. In froher Geschäftigkeit verbrachte sie den Tag, und als am Nachmittag die Hausarbeit geschehen war, kleidete sie sich hübsch und festlich an und setzte sich vor ihr Klavier. »Jetzt mach ich meinen Ausflug«, sagte sie, und die Töne zogen wie eine Schar Wandervögel zum Fenster hinaus, und ihre Seele war mitten darunter und schwang sich an die Spitze und zeigte den Weg. Und es wurde Abend und Nacht. Und sie erwachte in ihrem Stübchen, dachte, noch halb im Traume, angestrengt hin und her, ermunterte sich und machte Licht. Auf bloßen Füßen huschte sie zu ihren Kleidern, suchte ein zusammengefaltetes Blatt hervor und huschte in ihre Kissen zurück. Das Licht blieb brennen, bis es tagte, und sie hatte alle die Zeit offenen Auges hineingeblickt. Und doch war sie frischer und gesunder denn je, als sie sich zum neuen Tagewerk erhob und schnell ein Frühstück für Walter rüstete, der in die Fechtstunde musste.

»Heraus, Langschläfer, das Leben läuft dir weg!«

»Ach, Tante Werder – es ist so mollig im Bett.«

»Draußen steht ein bildhübsch Mädchen und schaut sich nach deinem Fenster die Augen aus.« Sie horchte und lachte: »Wie er plötzlich herauskann und sich sputet. Man muss nur an die Stelle der Gewohnheit die Erwartung setzen.«

»Guten Morgen, Walter. Jetzt ist das Mädel weg. Dafür hast du aber den ganzen Gottesmorgen gewonnen.«

»Ach – Tante!«

»Tröste dich, Walter, es gibt mehr hübsche Mädel als schöne Morgen.«

»Danke, Tante. Aber ich sammle mir doch gern meine eigenen Erfahrungen.« Und fort war er.

»So hab ich's gemeint«, lachte sie vor sich hin, streckte die gesunden Glieder und ging an ihr Tagewerk. – –

9.

Das kurze Sommersemester neigte sich dem Ende zu. Und während die Früchte zu schwellen begannen, waren die Rosen aufgesprungen, hüllten sich die Akazien in blütenweiße Brautgewänder, prangten die Bauerngärten im schweren Duft der Sommerblumen, blühte unablässig die Heide. Nie war es Klaus Kreuzer, wenn er durch die

Landschaft schritt, so aufgefallen wie in diesem Jahr, dies Früchtereifen inmitten unaufhörlichen Blühens.

»Jahr für Jahr gibt uns die Natur dies Zeichen«, dachte er und
ließ den Blick auf der wechselreichen Landschaft ruhen, »und nur
wir Menschen haben verlernt, es zu sehen und zu begreifen.«

Und er las sein letztes Kolleg vor den Ferien, und es klang wie
ein Hymnus auf den Menschheitsfrühling, und die Hörer gingen
still hinaus und sammelten sich erst draußen auf dem langen,
grauen Korridor und brachten ihrem Lehrer und Glücksweiser, als
er durch ihre Reihen schritt, in stürmischen Zurufen das Echo seiner
Rede wieder.

So kam er zu Marianne und fand sie mit den strengen Zügen
der Frau, der die Jugend verronnen war unter dem einen Wunsche,
über sie hinauszugelangen.

»Lieber Freund, ich habe heute Morgen auf der Ausfahrt die Frau
des Ministers getroffen. Ich will gestehen, es geschah nicht unab-
sichtlich, und wir machten unsere Spazierfahrt miteinander. Es ist
eine Frau, die Ziele hat.«

»Es wäre besser, der Mann hätte sie.«

»Mann und Frau sind eins, sollen es überall sein und sind es
auch hier. Exzellenz sagten mir, dass der Minister einen starken
und berechtigten Missmut über dein Zaudern nicht unterdrücken
könne, da er sich von dir als dem ersehnten Mitarbeiter, von deiner
eindringlichen Kenntnis der gesamten Materie und deiner überzeu-
genden Beredsamkeit eine beschleunigte Annahme seiner Schul-
und Universitätsvorlage verspräche. Exzellenz waren überdies so
liebenswürdig, mich für die Ferien auf ihr ostpreußisches Gut ein-
zuladen.«

»Da gratuliere ich. Denn das war wohl längst dein Wunsch. Im
Übrigen kann von Zaudern gar keine Rede sein.«

»Es freut mich, dass die Vernunft einmal wieder in dir gesiegt
hat.«

»Ob es in deinen Augen vernünftig ist, weiß ich nicht, denn es
ist Gefühlssache, und dies Gebiet ist von dir immer etwas stiefmüt-

terlich behandelt worden. Mir aber sagt mein Gefühl, dass es viel wichtiger ist, als immer neue Schulvorlagen zu entwerfen: Männer zu haben, die den Geist ihrer Lehrermission richtig erfassen, die sich nicht an das alleinseligmachende Schema und die Bewältigung des Unterrichtsgegenstandes klammern, sondern die der Jugend geben, was der Jugend ist, die Freude am Leben und damit die Freude an der Arbeit, die ihnen die Schönheiten des Lebens erschließt. Diese Männer sind rar geworden im lieben Vaterland, das heute unter Alt und Jung so viele Streber züchtet, und diesen Rargewordenen möchte ich helfen, sich wieder zu ergänzen und die Mehrheit zu gewinnen, damit es wieder eine Lust ist, zu leben.«

Marianne saß am Fenster und zog die Sticknadel durch ein Stück bunten Seidenzeugs. Kaum, dass sie von der schillernden Arbeit aufschaute.

»Du widersprichst dir selbst«, sagte sie kühl, »und ich nehme es nur als eine schöne Rednergeste. Wer mit fünfundvierzig Jahren durch sein Streben und nur durch sein Streben –«

»O bitte, verkleinere deinen Wert nicht. Durch *dein* Streben wohl zumeist.«

»– wer durch sein Streben so schnell zu einer so hohen Stellung kam, der hat wohl keinen Grund, den Frondeur zu spielen. Was im Übrigen meine Mitarbeit angeht«, und nun legte sie ihre Stickerei zur Seite, »so darf ich wohl auf etwas mehr Dankbarkeit Anspruch erheben, denn ich habe dir durch die Festigkeit meines Charakters dein Glück geschaffen, das du in blauen Nebeln hättest verschwimmen lassen, wenn ich nicht mein ganzes Leben dafür eingesetzt hätte.«

Und er schüttelte den Kopf und sagte langsam: »Ich weiß heute oft nicht, ob du ein Recht dazu hattest, mein Leben nach deinem zu modeln, ob überhaupt ein Mensch ein solches Recht auf seinen Mitmenschen hat. Wer kann voraussagen, wie sich der andere in freier Luft auswächst? Ich wäre vielleicht ein Dichter geworden, und bin ein Professor geworden. Mein Glück? Menschenglück sieht doch ein klein wenig anders aus, als dir es vorschwebt.«

»Ach –«, machte sie gedehnt und erhob sich, »dann bist du wohl auch mit der Lebensführung deines Sohnes Walter einverstanden?«

»Walters? – Wie kommst du auf Walter?«

»Also du weißt nichts, bekümmerst dich um nichts; und das stellt deiner Pädagogik, die du soeben so schön vortrugst, das beste Zeugnis aus. Nun, ich habe es anders gemacht und in beständigem Briefwechsel mit meiner Freundin in Marburg, der Frau des derzeitigen Dekans, gestanden und seit Kurzem erbauliche Dinge gehört. In den Kollegs sieht man den Jungen schon längst nicht mehr, aber seine erste Mensur geschlagen hat er schon, bevor das erste Semester zu Ende war, und mit jungen Mädchen unternimmt er weite Fahrten ins Lahntal und in die Wälder, macht Schulden und lässt sich wohl gar von seiner geliebten Tante Traud in seinem Lebenswandel bestärken.«

»Das ist nicht wahr!«

»Bitte, brause hier nicht auf. Wenn es anders wäre, hätte Traud Werder uns Mitteilung über den Jungen gemacht. Nichts davon ist erfolgt. Lobesbriefe sind gekommen. Das ist eine Moral, die ich nicht billige.«

»Traud Werder würde uns nichts verschweigen. Sie weiß, dass ich an dem Jungen hänge.«

»Fahr hin. Es wird dir gut tun, wieder einmal festzustellen, dass der Blick deiner Frau weiter reicht als deine schönen Fantasien. Da ich in den nächsten Tagen reise, so würde ich es für angebracht halten, du nähmst den Jungen mit dir in den Sommerurlaub und in strenge Zucht. Das Leben ist kein Rosenpflücken.«

Und Klaus Kreuzer dachte nur: »Traud – das kann nicht wahr sein ...«

10.

Am anderen Morgen trat er die Fahrt nach Marburg an. »Ich werde dem Minister mitteilen«, sagte Marianne beim Abschied, »dass du deinen Entschluss von deiner Erholung abhängig machtest.« Und er nickte und war mit seinen Gedanken bei dem Jungen.

Am Abend traf er in Marburg ein. Der Bahnhof lag öde und still, und er beeilte sich, ihn zu verlassen. Geradenwegs ging er zu Traud Werders Haus.

»Klaus«, rief sie und stand im weißen Rahmen der Stubentür, mädchenhaft rot und erregt vor Freude und fand nichts als seinen Namen.

»Guten Abend, Traud«, sagte Klaus Kreuzer, beugte sich über ihre Hand und küsste sie. »Ist Walter zu Hause?«

»Walter?«, fragte sie verwundert. »Ist etwas passiert? Aber so komm doch herein und trag mir die Ruhe nicht heraus.«

Er trat ein, ließ sich Hut und Mantel aus den Händen nehmen und setzte sich.

»Traud, du fragst mich, ob etwas passiert sei, und ich komme hierher, um es dich zu fragen.«

»Der Walter ist gesund wie ein Fisch im Wasser und vergnügt wie ein Vogel in der Luft. Das Beste, was man für ein junges Gemüt nur wünschen kann.«

»Traud«, sagte er nach einer Pause, »Traud, du versprachst mir, auf den Jungen zu achten, so – als ob du seine Mutter wärst. Meinetwegen und seinetwegen. Sonst – sonst wäre das, was uns zusammenführte, unser Frühlingsglaube, doch nur ein – ein mit hübschen Unwahrheiten aufgeputzter Egoismus. Sag selber, Traud.«

Die mädchenhafte Röte war längst aus ihrem Gesicht geschwunden. Sie sah ihn an und fand sich nicht zurecht in ihm und in seinen Worten.

Aber sie sah, dass er litt, und das genügte ihr, um über ihre Enttäuschung hinwegzukommen.

»Klaus«, und es war der alte, lustige Ton, mit dem sie zu ihm sprach, »Klaus, meinst du, weil sich der Walter geschlagen hat? Ja, du hast recht, es war eine törichte Geschichte, aber gerade deshalb war sie so lieb. Bedenke doch selbst, ein Füchslein, das sich für seine Tanzdame schlägt. Ein Erlanger Student war ihr unhöflich begegnet. Der Walter gab ihm Lebensregeln, der Junge, und die Couleur stellte ihn auf seine Bitten vorzeitig heraus, weil er sich in der Fechtstunde als firmer Schläger erwiesen hatte. Da stach der Walter zur höheren Ehre seiner Dame den Erlanger auf ein paar fürchterliche Gesichtsquarten ab.«

»Würdest du«, sagte Klaus Kreuzer, »würdest du, ohne mir böse zu sein, wohl etwas weniger studentisch sprechen?«

Sie hob den Kopf. Ihr frohes Lachen war zerflattert. Ihre Augen blickten mit einem Male ernst und fest.

»Nein«, erwiderte sie ruhig. »Nein, das werde ich nicht, bevor du nicht offen erklärt hast, was dich hergeführt hat.«

»Es ist ein Brief eingetroffen, von der Frau des Dekans. Marianne erhielt ihn, und mich hattest du nicht vorbereitet. In dem Briefe stand, dass Walter im Kolleg nicht zu sehen sei. Ist das wahr?«

»Angenommen, dass es wahr sei.«

»Dass Walter stattdessen schon seine erste Mensur geschlagen hat, weiß ich nun. Ich billige es gerade nicht, mache ihm aber auch keine Vorwürfe. Aber dass er, der unreife Junge, mit Mädchen in Wäldern und Feldern herumschwärmt –«

»Das ist wahr.«

»– seinen Wechsel übersteigt und Schulden macht –«

»Ich hab sie ihm gestrichen.«

»Also das ist auch wahr, und wahr, wahr, dass du ihn in seinem Tun bestärkt hast.«

Er erhob sich und ging mit hastigen Schritten zum Fenster.

Sie stand mit blassen Lippen im Zimmer, wartete eine Weile und sagte laut: »Dummer Klaus!«

»O bitte, mache dich nur lustig.«

»Und ich bitte, dass du mir nicht den Rücken kehrst. Ich will deine Augen sehen. So – ich danke dir. Und nun sieh mich noch mal an, und dann frage dich selber, ob ich – ich imstande bin, dem Menschen, den ich am liebsten habe, sein Fleisch und Blut zu verderben. Ob du mich so einer Tempelschändung für fähig hältst.«

»Traud, weshalb hast du es getan?«

»Ach du«, sagte sie, »jetzt merke ich doch, wie weit, weit du schon von der Jugend fort warst, da deine Gedanken zur eigenen Jugend so schwer zurückfinden können. Und willst doch ein Menschenbildner sein, der die Form verstehen muss, wie den Inhalt. Soll ich dich fragen, wie es mit *dir* stand in deinen ersten Semestern? Ob du dir ein Fünkchen Sonne hast wegfangen lassen, das dir vor den Augen blinzelte? Ob du einem Mädchenzopf aus dem Wege gegangen bist oder gar einem Mädchenmund? Und deine paar Dukaten dir immer hübsch eingeteilt hast nach Wochen und Tagen, und nicht ein einziges Mal nach der Stunde, die gerade so köstlich war, als könnte keine köstlichere im Leben mehr kommen? Nein, Klaus, ich spreche hier nicht, um der gedankenlosen Leichtlebigkeit eine Verteidigungsrede zu halten, aber um die Jungen vor der Selbstgerechtigkeit der Älteren zu schützen, die ihre einst so süßen, törichten Streiche vergessen haben wollen oder sie nachträglich gern als Taten mit einem wackern Untergrund und bewussten Idealen hinstellen.«

»Traud, ich –?«

»Nein, jetzt bin ich an der Reihe, das heißt, eigentlich ist Walter an der Reihe, aber da ich dir versprach, seine Mutter zu sein, so kann ich ebenso gut für ihn reden. Und das sage ich dir, die ich den Jungen so herzlich lieb gewann, und überdies, weil es der deine ist: Erst war er ein Kind und spielte mit Puppen. Und dann kam die Schule, und er spielte nicht mehr mit Puppen. Und jetzt kommt das Lebensstudium, das Berufsstudium und das Studium der Menschen, die ihm darin freundlich und feindlich begegnen. Da lass dem jungen Herzen eine Zwischenspanne, eine kurze, sonnige, in der er noch einmal und zum letzten Mal träumen darf, er spiele und dürfe kinderselig spielen, bevor es *wieder* zur Schule geht. Der Verlust eines Semesters kann nachgeholt und eingeholt werden. Dieser Spielverlust aber nie, oder doch nur auf weniger unschuldige Weise. Lass ihn ruhig ein Mädchen küssen und noch mal eins. Daran ist noch kein Mensch gestorben, oder unsere besten Männer und Frauen lebten längst nicht mehr. Aber geworden ist mancher daran und zum Leben erwacht und hat sich gesagt: Donnerwetter, das ist doch der Mühe wert, und hat sich extra zu diesem Zweck die Bücher vor die Nase genommen. Du ja auch. Und –«

»Traud – hör mich mal an!«

»Und wenn der Sohn dann herangewachsen ist und lebt wie sein Vater in Amt und Würden und sitzt mit diesem Vater abends hinterm Familientisch oder in der Studierstube, dann langweilen sich diese Menschen nicht gegenseitig und gähnen sich an und reden höchstens von ledernen Berufsgeschichten und den ewigen Avancementsfragen, die bis zum Tode kein Ende finden. Sondern sie reden von – nun, von was wohl? Von Sonnentagen und Burschenfahrten, von Becherklang und Liedersang und von so vielen, vielen lieben Mädels und schönen Frauen, dass es so warm zwischen ihnen wird, als wären sie und könnten sie nie und nimmer aus der Jugend heraus; dass sie spüren, es war doch der Mühe wert, trotz Berufs- und Familiensorgen, und der Vater sagt: Junge, das lass ich mich eine Flasche kosten. Und der Junge: Prosit, Vater, auf deine Jugend.«

»Traud! Traud!«

»Hörst du, Klaus, so möchte ich, dass dein Junge einmal wird, und deshalb und deinetwegen habe ich ihn so – so mütterlich behandelt. Nun schimpfe. Ich habe ein köstlich reines Gewissen.«

Er aber hatte sich ihrer Hände bemächtigt und seinen Mund darauf gedrückt ...

Ganz laut schlugen ihre Herzen.

Und dann sagte sie nach einer langen Weile: »Du hast sie mir schon vorhin geküsst, Klaus, und ich muss wohl sehr schöne Hände haben, dass du mich schon wieder damit stehen lassen willst und gar nichts anderes an mir findest.«

»Du!«, stieß er hervor und lachte ihr in die Augen. Und dann schloss sie die Augen und spürte seinen Mund ...

»So – nun ruf mir mal den Walter.«

»Er ist fort.«

»Fort? Wohin?«

»Ins goldne Ferienland hinein. Studenten und Studentinnen miteinander.«

»Und du hast es ihm erlaubt?«

»Ja, Klaus, es ist wohltuend und erzieherisch zugleich. Heut Abend wollt' ich dir's schreiben.«

Und Klaus Kreuzer tat einen tiefen Atemzug. »Der glückliche Junge.« Und wandte sich Traud Werder zu.

»Da habe ich nun meinen Wandereranzug im Koffer und den Rucksack dazu und drei – drei goldene Ferienmonate. Wie sagtest du doch, was dem jungen Herzen nottäte vor neuer Arbeit? Ein Traum von seliger Jugendzeit. Traud – und mir tut er not. Heute – oft ...«

»Du willst mich fragen, ob ich mit dir wandern will, Klaus?«

»Ja, Traud.«

»Um Walter einzuholen und seine Kameraden und Kameradinnen?«

»Nur so nahe, um die Fühlung mit der Jugend nicht zu verlieren.«

Sie legte ihm den Arm um den Hals und sah ihn an. »Ich bin ja schon immer mit dir gewandert. Weshalb sollte ich jetzt zurückbleiben wollen, wo du mich brauchst ...«

Und sie wanderten in früher Morgensonne durch die goldenen Ährenfelder des Lahntales, die der Ernte entgegendufteten, um neuem Blühen den Platz zu bereiten, durch die Wälder mit ihren goldenen Lichtern, durch die Sommerwelt, weiter und weiter. – – –